U0080509

讀小說
Reading Novel

少女たちは夜歩く

夜行

宇佐美真琴 著

瑞昇文化

目次

起始的終局

はじまりのおわり

起始的終局

這座城市的中央有一座隆起的小山，好似把碗倒蓋過來一樣。山上興建了一座有三層天守閣的城池。我這個土生土長的當地人，早已見慣了這樣的景色。偶爾造訪外地，看見民房、大廈雜亂無章林立的城鎮，就讓我覺得毫無特色、欠缺魅力。

這座城是日本三大平山城之一，標高高達一百三十二公尺，說是平山城，倒是還挺高的。再加上地方城市沒有特別高聳的大廈，從四面八方皆能望見這座城山。市井小民也都以城山為中心過生活，一般習慣以城東、城北、西堀端、南堀端來大致區分土地。之所以會以堀端來稱呼，是因為城山的西邊與南邊還保留著護城河，堀之內一帶則是將挖掘時產生的土，堆積起來築成土壘。

我是在距離城山偏遠的南區長大的，就是流過這片平原的兩大河川即將入海前的匯流處。從那裡也能清楚看見城山。而我就讀的是位於城山東麓的女子高中，如今居住在城北地區。仔細回想，我的人生也圍繞著城山周邊打轉。就某種意義來說，或許是被囚禁在這裡吧。

築城四百餘年，始終存續於此的城山，擁有統御這座城市的力量。那股力量遍及山腳下的整片原野。當夜幕低垂，整座山便與黑暗融為一體，山上亮起青白色光芒的古城，宛如飄浮虛空的魔城。我無法逃離它的引力，神情恍惚地仰望它。

幽　暗　·

宵闇·毘沙門坂

毘沙門坡

幽暗・毘沙門坡

「無論去哪裡，都必須繞過這座城山才行。但在地人卻一點兒都不嫌累，把吃苦當吃補，這一點完全體現出他們的個性呢。」

我的朋友日野梨香向我訴說城山穩固坐鎮於城市正中央的荒唐之處。我和她是在當地的女子高中認識的。位於東邊的城郭被稱為東雲台，那裡有一間神社，叫作東雲神社。我所就讀的就是位在神社旁邊的高中，三年來都住在學校宿舍。一年級時，我跟梨香讀同一班，宿舍也分到同一個房間，因此很快便熟稔起來。雖然上了二年級之後就被分配到單人房，但我們始終是好閨蜜。

梨香在都市那邊的高中惹出了一點問題，所以中途退學，來到地方的私立女子高中就讀。因此她比我們大一歲，但我一點也不在意。她個性開朗好相處，毫不隱瞞地將她之前「惹出的小問題」滔滔不絕地告訴了我，但具體是什麼事情，我已經忘得一乾二淨。很多事情我都記不起來了。

我目前在城山北邊一個位於山地與平地交界處的地方租房子住，那是一棟老舊、分租式的木造長屋風格住宅。

城北地區是個學校很多的地方，多到甚至被稱為文教地區。同時寺院也不少。這座城是以南側為正面興建的，因此帶有濃厚城池背面印象的城北地區，便洋溢著平和又恬靜的氣氛。我居住的「勝山莊」已經決定要拆除。「勝山」是這座城山的舊名，據說城主在建築城池的時候，把勝山改為字音較吉祥的「松山」。

勝山莊蓋得十分鄰近城山，貼近到生長在城山上的樹木都伸了出來，一路長到屋頂上了，頗有寂寥遺世之風情。水泥瓦上堆積著枯葉，雨水槽裡也被落葉給塞得滿滿的，因此無法排水。是個破舊不堪的屋子。

這裡距離大街也有段距離，因此前面的道路沒什麼人通行。不過學生專用的單間公寓也在附近，有時在城北地區上大學的女學生會一路談天說笑地經過這邊。我總是從窗戶內側眺望著與自己年紀相仿的她們。

我住在隔成三戶的長屋最西邊，中間這戶住著一名姓戶川的中年婦女。我和戶川女士經常聊天，偶爾還會一起散步。戶川女士說東邊那戶住著一個獨居的老男人，但我從不曾見過對方。據戶川女士所說，那個人在本地的一所大學裡當清潔工。

「那個人很奇怪，竟然在家裡養蟲耶。」

戶川女士這麼告訴我。但好像也不知道他到底在養什麼蟲。

她走到屋外，一邊抱怨、一邊幫忙整理塞在我們生鏽信箱裡的廣告傳單。東邊房間的那個男人似乎也跟我一樣不看信箱，信箱裡堆滿了傳單之類的紙張。受到風吹雨打日曬，都褪色了，一樣扔著不管，所以戶川女士偶爾會像這樣幫我們一起丟掉。

戶川女士的耳朵不好。她在幾年前發生嚴重的意外，導致聽力衰退，總是戴著助聽器。但不知道是不是助聽器有問題，戶川女士說她常會聽到怪聲。

「就好像有螃蟹在耳朵裡面爬來爬去一樣。」

因此，即使正在跟我說話，她也會突然皺起臉孔。我想那個時候應該就是螃蟹開始在她耳朵裡爬動了吧，所以我會暫時安靜下來等她恢復。如今，只有戶川女士能聽我說話了，所以我只好耐心等待。

我們經常在傍晚或晚上散步，繞著這個城北地區走。我喜歡宛如藍色薄紗層層交疊般的薄暮時刻。我也經常去爬城山，雖然也曾約戶川女士一起去爬，但她以前動過腹部手術，討厭走山路，所以並未答應我的邀約。我爬的是古町口登山步道，在城山的四條登山步道中，這裡是最冷清的一條。交通很不方便，不知是否因為相通的是古城後方的乾門，幾乎沒有什麼觀光客來爬。步道的兩側是鬱鬱蔥蔥、連綿不絕的森林，能清靜地漫步於大自然之中。

「真虧妳都不怕呢。」

戶川女士如此評價那條大白天裡也依然幽暗的步道。

「因為我高中時也經常去爬城山，對山裡的狀況瞭如指掌。」

我若無其事地回答。

女子高中所在的東郭，是在城池本丸東邊山麓建起的外郭。高中正門附近還殘存著城門遺跡那坡度平緩的石牆。各棟校舍就蓋在四面環山的場所。結構上能近距離感受那一大片遍及城山的常綠闊葉樹林自然景觀。生苔的石牆、陰溼的暗處、老舊的木造校舍，有時也會令人覺得有些毛骨悚然。

陸軍步兵第二十二連隊過去曾駐守在堀之內，位於古城三之丸遺跡的「阿菊井」，傳說就是侍女阿菊投井的地方，幽靈阿菊的可怕，連士兵們也嚇得直哆嗦。高年級生往往會對低年級生傳述這個故事，讓這個傳說一直流傳下去。

由於那所女子高中的校徽是酢漿草的形狀，因此將宿舍取名為「三葉屋」。只要爬上幾階石階，就能到達位於東雲台森林裡的三葉屋。如今想來倒也奇怪，高中用地與城山的森林並沒有明確的界線。雖然有幾處設有鐵絲網圍欄，但那與其說是界線，看起來更像是為了抑制現在也依然不斷成長擴大的森林領域侵入學校才設下的裝置。

由於這所學校將基督新教的教義視為根基，因此校舍中有教堂，城山的森林裡也有禮拜所，學校會在那裡進行早禮拜。那處禮拜所是在越過長長石階後的森林深處開拓而成，還擺上了幾排石長椅。坐在那裡時，會陷入一種奇妙的感覺，心想這究竟是位於校內，還是城山的森林之中。因為學校是這種構造，所以我從那時開始就經常在城山裡走動。既能從三葉屋的後方進入森林，從禮拜所繼續往前走，也能輕易地進入山中。

歷史老師在上課的空檔告訴我們，當年這座城還在大興土木的時候，山上仍是寸草不生，經過人工的植樹、播種，才形成這片森林的。據說自那個時候開始，為了防範可疑人物侵入，就得經常割除矮木野草，讓視野保持空曠。同時還在四面八方開拓巡視路。現今山裡還保留著疑似那些巡視路的遺跡，與目前大家所知曉的那四條登山道是完全不同的道路。

我有時會跟梨香一起去探險，但她社團活動繁忙，大多是我獨自一人在山中游蕩。「太危險了，別再去了。」有一次，發現我平常就會到山上閒晃的舍監阿姨這麼告誡我，然而我還是偷偷持續著這種日常消遣。

冬天到春天這段期間，樹木新芽日漸茁壯的模樣；為林床增添綠意的高野帚那小小的葉子；宛如緊纏著山地表面般綻放的白花蒲公英和紫花堇菜。梅雨過後，令人窒息般撲鼻而來的青草味和濃密的空氣；震耳欲聾的蟬鳴聲；開始落葉的森林中傳來的伯勞鳥尖銳叫聲。

這些點點滴滴，都撫慰了我的心靈。

「杏子妳不愛跟人打交道呢。」

梨香對著除了她以外不交其他好友、還愛在山中四處游蕩的我如此說道。也許她敏銳地看穿了我的心思吧，發現我即使放長假也不大想回家。

我對自己的親生父親沒有印象。帶著還不到三歲的我，母親投奔了其他男人的懷抱。我認定母親當時的對象就是我的「父親」，和他共同生活了七年半。當時我們住在城山南方的河岸旁。我對於父親和故鄉的印象，就是那片遙望城山的土地。我是往後許久才得知他也有家庭，根本沒有和我母親登記結婚。

才以為兩人各自都要離婚了，母親又突然離他而去。不久後，父親的寶座又換人坐坐看。當時我正值多愁善感的時期，儘管現在這個男人確實有和母親登記結婚，我卻從未喊過他一次「爸爸」。這個新父親與母親之間爭吵不斷，果不其然，母親不到兩年就離婚了。

母親算是一般人口中所謂的水性楊花女人吧。可是她的外表既不出眾，也不豔麗，就是個典型的平凡女人。只是一遇見迷戀的男人，眼裡就裝不下其他事物。多情又貪婪，坦率又無恥。瘋狂地死纏爛打，不把男人追到手勢不罷休。強迫對方接受自己的愛慕，將對方玩弄於股掌之上。結果追到手後，卻又無法與對方順利走下去。

對孩子也差不多。前一刻才把我寵上了天，隨後又好幾天對我不理不睬。外婆，也就是我母親的媽媽看不下去，便跑過來照顧我。

「妳媽不搞男人會死啦。」從事魚販生意、個性陽剛的外婆，毫不留情地在年幼的孫女面前怒罵自己的親生女兒。大概是想先叮囑我，長大後千萬別變成像她一樣的女人吧。

母親每換一個對象，驟變的環境和她反覆無常的情緒便弄得我疲憊不堪，心力交瘁。我想念第二個父親，他是唯一能控制母親體內狂蕩部分的男人。與「父親」在河畔度過的安穩生活被硬生生地奪走，一去不復返。

當我升上高中後，便徹底脫離母親。明明是當地人，卻住進學校宿舍。若問我是否因此平靜下來，事實卻正好相反，我心靈失衡，陷入情緒不穩定的局面，不曉得該怎麼拿捏自己與他人的距離。我之所以交不到梨香以外的朋友，就是這個原因。何況我當時只有十五歲。

「杏子妳不愛跟人打交道呢。」

升上高中二年級時，梨香又對我這麼說道。到了美術室後，梨香要我坐在她的前方，然後開始畫起素描。她加入了美術社，總是在畫個不停。

大概是我在全校禮拜時突然嚎啕大哭那一天的事吧。我有時會一再做出這種古怪的行為，因此獲得了「瘋女人」、「神經病」等稱號。不管別人怎麼說，梨香依然若無其事地與我來往，這一點也讓她看起來很老成。她來回看著我和素描簿，手不停地律動。我們沉默片刻，聆聽４Ｂ鉛筆磨擦紙面的沙沙聲。

「梨香，妳跟我當朋友的話，會被當成怪人的。」

「這所學校的怪人多到都可以跳樓大拍賣了好嗎！」

梨香眉開眼笑地說道。她的見解還真是一針見血。拜沒有異性眼光的環境與自由奔放的校風所賜，女子高中裡有一大堆個性獨特的傢伙。

「像篠浦千秋她啊——」

梨香依然低著頭，嘴裡冒出了自己班上的女同學名字。升上二年級後，我們所修的科目不同，因此被分到不同的班級。

「那孩子，聽說看得見死去的人喔！」

梨香剛說完，就因為自己所說的話噴笑。我腦海中浮現出篠浦千秋的樣貌。她的體型又矮又胖，不大注重儀容，上課時也一副心不在焉的樣子。她那總是盯著自己的腳尖、彎腰駝背走在校舍走廊上的模樣，我至今依然印象深刻。

「搞不好她看過從井裡爬出來的阿菊喔。」

梨香「啪噠」一聲闔上素描簿，收起鉛筆。到頭來她還是沒讓我看當時畫的素描。不知道到底畫得怎麼樣呢？

我們一起走下坡道，從後門離開。前陣子，學校下方的路邊開了一家冰淇淋店，我們學校的學生很捧場。我總是點巧克力口味，梨香則是點草莓口味的霜淇淋來吃。學校下面那條通往東雲神社的道路，是坡度平緩的上坡。築城時在城的東北，也就是丑寅的方位安置了毘沙門天，相傳是這座城的守護神，因此這條平緩的坡道便被人稱之為毘沙門坡。

就在我先走出店外等候梨香時，有某種東西猛力撞上我的背部。巧克力霜淇淋就這樣黏糊糊地掉在鋪過的道路上。我一副事不關己地凝視著這個畫面。

「喂！你撞到人了啦！」

梨香怒氣沖沖地說道。我這才終於意會過來，是一名像是大學生的男性，在走下毘沙門坡的時候只顧著跟朋友說話，不小心撞上了我。

「你要賠償喔。」面對氣勢洶洶的梨香，大學生連忙從臀部口袋掏出錢包。

「抱歉。多少錢？」

「沒關係的。」雖然我表示婉拒，但大學生將一枚五百圓硬幣塞進我手中。

「五百圓太多了。」

「不，那個，畢竟我還弄髒了妳的衣服——」

仔細一瞧，制服前面沾上了一點巧克力漬。梨香也對我使了個眼色，示意我收下。她的舌頭早已舔了一下草莓霜淇淋。「抱歉。」男學生再次向我道歉，便匆忙離去。我只好回到店裡，再買了一支霜淇淋。

我坐在店門口的長椅上俯視昆沙門坡。剛才的大學生和他的朋友也經過我們高中的正門，繼續往下走。聚集在霜淇淋店前的一年級生散去後，我在她們剛才的佇足處看見一張小卡片掉在那裡。

「啊，這是那個人的學生證耶。」

梨香撿起卡片，一副興致缺缺地遞給我。

「怎麼辦？要送去他的大學嗎？」

大學生已不見蹤影。我比對「水口龍平」這個名字和上面的小張照片。透明卡套的背面放有一枚英國二便士舊硬幣。背面刻著王冠，而正面則是刻著伊莉莎白女王的側臉。

「丟了吧，麻煩死了。他會再重辨一張吧。」

梨香沒好氣地說道。該說她對事物不執著嗎，算是個性冷淡吧。她曾說想進美術大學，以成為畫家為目標，但我不知道她有沒有實現這個夢想。

戶川女士慢步經過窗外。

她正要外出進行傍晚的散步。我也走出房門，與她並肩同行。戶川女士瞥了我一眼後，默默前進。因為她的血壓高，醫生勸她要多多運動。

「啊啊，已經入秋了呢。」戶川女士望向城山說道。

「是啊。」

常綠闊葉樹眾多的城山，並沒有整座山都被染成一片紅葉。不過鹽膚木和毛漆樹已開始轉紅或變黃。山腳地帶和空地則開滿了短梗胡枝子花。在這種時節爬上登山道，紫珠草應該結了紫色果實，月桃花結了紅色果實，而杜若花則是結了瑠璃色的果實。能啄食這些豐富食物的鳥群，在林中欣喜亂舞。

更棒的是，路旁掉了一堆橡實。枹櫟、青剛櫟、麻櫟、栓皮櫟，各種形狀不一的橡實散落一地。就連已經不是孩子的我也忍不住撿拾，將它們帶回家收藏。

「為什麼戶川女士沒跟妳先生一起住呢？」

我開口詢問這個好奇已久的問題。戶川女士明明已經結婚了，卻獨自在勝山莊生活。也就是和丈夫分居的狀態。

「因為那個人已經跟別的女人一起生活了啊。」

「那妳為什麼不離婚？」

戶川女士煩躁不耐地擺弄助聽器。可能是助聽器又出問題了吧。

「當然是因為錢啊。這種事情通常都牽扯到錢啦。」

她表現出一副有些瞧不起我涉世未深的態度，如此說道。

「就算得到一筆精神撫慰金，然後在離婚申請書上蓋印章，也馬上就會花完了吧？只要我還是元配，就能每個月都拿得到生活費。」

她有些得意洋洋地強調「元配」這個詞彙。

我心想，就算是搞外遇，戶川女士的丈夫還得一輩子像這樣照顧她，負擔應該很重吧。搞不好讓她耳朵出現問題的原因，就出在她丈夫身上也說不定。

總覺得之前好像也聽過這件事，但我記不起來了。我常常像這樣遺忘許多事情。我大概問過戶川女士好幾次同樣的問題，所以她才會覺得很不耐煩吧。

「那妳又為什麼一個人住？」

戶川女士反過來問我。

「我不喜歡跟人打交道。」

我隨口回答以前梨香對我說過的這句話。戶川女士只是嗤之以鼻地冷哼一聲。

我們正好走到通往毘沙門坡的道路。那間冰淇淋店，如今已不復見。女子高中是還在，但制服已經不一樣了，換成深綠色的西裝外套，上面還別著時髦的徽章，不像以前那麼女性化。走出校門的學生魚貫地爬上坡道。我和戶川停下腳步，讓她們先過。

接著我們橫越馬路，直直走進住宅區之中，漸漸遠離毘沙門坡。我跟在刻意選擇小路的戶川女士後頭走，一棟暗橘色屋頂的洋房映入了眼簾。廣大的用地內雜草叢生，屋簷也傾斜了，感覺已經很久沒人居住。庭院中央矗立著一棵大樹，白花和紅花同時綻放。

「那種花叫醉芙蓉。」

明明沒有問她，戶川女士就賣弄知識似地說明。我感覺有些不舒服，於是快步通過那裡。

「為何只有那棵樹長得那麼大呢？感覺只有它吸取了特別的養分似的。」

戶川女士只有在這時伸直她駝起的背，望向圍牆內。至於我已經走遠了，吸進滿腔隔壁人家種植的金木犀所散發出的甜蜜香味。

我——我不喜歡醉芙蓉。

怯懦的我開始和水口龍平交往，這簡直近乎奇蹟。不過先說出「奇蹟」這個詞彙的是梨香就是了。契機是我們偶然在昆沙門坡相遇，我就把學生證還給了他。當時他顯然正在找遺失的學生證。我不小心忽視了梨香的忠告，開口向他攀談。比起學生證，龍平由衷感到欣喜的，反而是套子裡的那枚二便士硬幣平安無事。看來他很重視這枚硬幣吧。

他因此對我感激不盡，表示要請我吃飯以示感謝。我堅持拒絕，不過最後還是舉手投降。之後我們一起去看電影、為大學棒球隊加油，也曾漫無目的地在堀之內和商店街中閒逛。龍平似乎因為父親生病無法養家，所以拚命地打工賺取生活費。因此我們的約會都很節儉。

「太棒了！相原杏子終於愛上男性人類啦！」

梨香拿起兩支羽毛筆高舉過頭，像印第安人一樣在我四周瘋狂亂舞。

龍平這男孩內向又溫柔。家庭情況好像很複雜，但我沒有細問。看來我們都不是生長於一個幸福美滿的家庭。他身上散發出和我相似的味道，和他在一起，我感覺長年來武裝自己的防衛牆也漸漸倒塌。與母親被愛沖昏頭的形式不同，這場戀愛既平穩又溫和。

戀愛——沒錯，我認為那是戀愛。

在某個特定人物心中占有重要分量的這件事，令我感到陶醉。

從高中二年級初夏到隔年春天，我們就這樣攜手共度一個又一個季節。兩個人就宛如被拋棄的同胎小狗在雨中依偎那樣，互相取暖。

與龍平相處時，即使我突然感到不安，也不會被自己潰堤的情緒所淹沒。在一個冬天的午後，我和龍平發生了關係，一切來得如此自然，他渴求我，而我因他的渴求而滿足。

我們祈求這年少的戀情能開花結果，甚至約好將來要結婚。在他狹小的公寓裡，我們肌膚緊貼，在他氣味的圍繞下，輕聲談論著未來。

「我會在這座城市工作，等杏子妳大學畢業。」龍平在我的肩頭呢喃。

然而，我最後竟然連高中都沒讀畢業。

房東來到了隔壁的戶川家。

顧慮到她耳背，房東刻意放大聲量說話，因此連我家都聽得一清二楚。

「我說過好幾次了，明年春天這裡就要拆毀了。」

七十幾歲的房東森岡爺爺，很關心完全沒打算搬出去的戶川女士。不，他關心的並非戶川女士將來的生活，而是擔心她會不會在明年春天之前搬離這裡。森岡爺爺在前面的平和通這條大馬路上經營藥局，但現在把藥局交給兒子與兒媳婦，自己計畫在這裡蓋一棟新家，安度晚年。

戶川女士即使聽了他的說明，卻也不找地方搬家，就是賴著不走，這讓森岡爺爺急得直跳腳。雖然不知道她先生每個月付給她多少生活費，但看她租的是這種老舊不便的房子，想必收到的也不多吧。生了一場大病後，身體狀態也變差，三天兩頭就往醫院跑，醫療費也不容小覷。戶川女士也以自己的形式為生計苦苦掙扎啊。

「我說，妳有去看過老弟我上次介紹給妳的房子嗎？」

森岡爺爺稱自己為「老弟」。

「那裡不行啦。」戶川女士冷淡地說。

「為什麼？房租跟這裡差不多吧？」

「可是電車軌道就在旁邊耶。吵死人了。」

森岡爺爺沉默不語。大概是在嘆氣吧。也許還在心裡呢喃著：「妳這個耳背的還嫌什麼吵啊。」

「這點小事，忍一忍就過了啦。」森岡爺爺重新打起精神，再次大聲說道：「就是因為旁邊是鐵軌，房租才那麼便宜的。」

那間房子是我陪戶川女士一起去看的，就在離勝山莊徒步二十幾分左右的地方。它蓋在環繞城山一圈行駛的路面電車軌道旁。雖說是路面電車，但大概是因為行駛速度不快的緣故，感覺就像是要掠過家家戶戶的屋簷那般通過。那棟兩層樓建築的木造公寓也距離鐵軌非常近，近到我都懷疑曬在後面曬衣竿上的衣服是否都超出到電車路線上了。

戶川女士癟起嘴，立刻轉身離開木造公寓。我馬上就明白她不喜歡那裡。回家時經過平和通，正好走到森岡爺爺開的藥局。藥局門面很窄，後頭緊連著住家。越過圍牆隱約可看見玻璃門內的情景。森岡爺爺的太太身體倚靠著輪椅，望著庭院。

聽說他太太二十幾年前就下半身不遂。森岡爺爺一邊照顧太太、一邊管理藥局，這次打算在勝山莊拆除後的土地上蓋一棟無障礙房屋，搬過來這裡住。

「房東也不容易呢。」

「她太太身體變成那副德性，肯定拿了不少職災賠償金啦。」

戶川女士直言不諱地說道，還特別強調「職災」的部分。她對任何事都很遲鈍，但是一旦扯上錢就相當敏銳。

「那我先走了，總之妳自己找房子搬吧。」

森岡爺爺有些氣憤地說著。可是我沒有聽到戶川女士回答的聲音。

我在敞開的門口前，坐在玄關的換鞋處望著門外。一隻蝴蝶翩翩飛過門對面的道路。牠的翅膀是橘色的，帶有黑白花紋。

「哎呀，是秋蝶。」

森岡爺爺如此說道。興趣是寫俳句的他，唸出一首某人的創作：「若身兒倦了，便於塵土歇息吧，秋天的蝴蝶。」

秋蝶就這麼隨風飄蕩似地，搖搖晃晃地飛向別處。

在古町口登山道路的沿途，石柱林立，上頭各有編號，不知道是做什麼用的。由於這條登山道位於古城的北面，白晝裡依然顯得昏暗。

不過一到冬天，朴樹、糙葉樹、栓皮櫟、苦楝樹等樹木會同時落葉，光線反而明亮許多。冬天爬山的樂趣在於能輕易發現小鳥的蹤跡。銀喉長尾山雀、綠繡眼、白頰山雀、雜色山雀等不同的鳥兒成群結隊，在林中覓食。當我發現這樣的鳥群時，便會抬頭仰望，佇立良久。

棕耳鵯嗶喲嗶喲地叫著，在結滿美麗果實的冬青樹上跳來跳去。若是乾枯的雜草中有雞屎藤的褐色果實，有時也能看見鮮豔的橘腹黃尾鴝。

就如同我初次遇見龍平時所感受到的一樣，他和我十分相似，內心都有著脆弱的一面。一旦潰堤，便有一發不可收拾的危險。當我在他身上嗅出與自己相同的味道時，我感到十分心煩意亂。明明是因為這一點而互相吸引，但我卻無法諒解龍平的幼稚與軟弱。於是我又開始在城山中徘徊。

龍平沒有跟來，大概是認為那只是我的一個嗜好吧。但他不該放任我一個人，應該好好看緊我才對。不管我們的關係多親密，我內心都有一塊他不了解的冰冷小碎片。

那年冬天，我在城山中遇見了那個男人——

時值我即將升高三的二月。在我從古町口登山道走下山時，看見一名正在用望遠鏡觀察野鳥的人。這裡一整年都能看見這種人，但到了冬天就特別多。其中也不乏拿著裝有特大望遠鏡頭的相機拍攝鳥類的愛好人士。我打算悄悄通過他的身旁，發現那是個年約四十歲的男性

「這不是相原同學嗎？」

男人將臉從望遠鏡移開。我目不轉睛地盯著他，才終於認出他是自己國中時期的班導師。我

低聲向他打招呼。升高中時，他對我明明可以從家裡上學，卻又入住學校宿舍一事感到納悶，因此對我家的狀況有一些了解。母親在那個時候又跟新的對象同居了。

「高中生活怎麼樣啊？今年要升三年級了吧？」

國中教師有田，以過去擔任班導的態度關心我。突然覺得，他很像我那已分開的第二任父親。然而在他擔任我班導的期間，我卻從未冒出這種想法。

「老師住這附近嗎？」

我並不好奇他住哪裡，只是不知道該聊什麼才硬問的。有田指向北方，他解釋自己幾年前蓋了一棟房子，一家三口都搬到那裡住。只是他兒子在縣外的一所國高中直升的知名明星學校過著住宿生活。

「爬城山當運動剛剛好。我有空的話，三不五時就會來爬。」

沒想到這座山有那麼多野鳥棲息，他滿心歡喜地如此說道。我想起有田以前是教理科的。我們結伴下山。他指著頭上的樹枝，一一告訴我小鳥的名字。用望遠鏡確認後，有田便把望遠鏡遞過來，催促我觀看。我拿起殘留他體溫的望遠鏡靠在眼前，觀察啁啾鳴囀、啄食果實的小鳥。

我憶起和我那誤以為是真正父親的男人在河堤漫步的事。一想起他好像也會像這樣告訴我那些花草昆蟲的名稱，心裡便泛起了漣漪。我至今能順口說出植物和小鳥的名稱，全多虧了我「父親」。

我在山中再次體會到得知那男人並非我的父親，只是母親愛人時的失落感，以及身為孩子的自己完全被否定的衝擊。一時被遺忘的情感浪潮向我撲來。盈眶的淚水隨著下山的腳步旋即落下。我停下腳步抽泣；有田在數步之遙的前方停下，默默不語地凝視著我。沒有問我怎麼了，也沒有驚慌失措，只是默默等待我情緒平復。當我停止哭泣，邁開腳步後，他便輕輕轉過身，繼續前行。

自此以來，我偶爾會在登山道遇見有田。得知他通常會在星期六午後上山觀察野鳥後，我便配合那個時間前往古町口登山道。我想他應該有發現我每次都在等他，卻沒有說破。我們在悄悄由冬轉春的山裡，觀察小鳥。我像隻雛鳥般走在有田身後。看在他人眼裡，也只像是教師與學生吧，或是看起來像父女也說不定。

有田認為我是因為他知道我母親的惡行惡狀，才將父親的形象投射在他身上。我原本也這麼認為。與有田重逢時讓我回想起第二任父親的事情也是原因之一。畢竟在我人生中最安穩的日子，雙親皆在、母親最有母親樣子的時期，就是那段住在河畔的生活。

我原本以為自己是在他身上尋找當時永遠失去的父性。

然而，並非如此——

升上三年級後，學校再次重新分班。我和梨香依然被分到不同班級，倒是和篠浦千秋進了同一班。不屬於任何小圈圈的我們，大多孤零零地坐在教室兩邊的角落。反正同學一定在閒言閒語，說我們兩個怪人落單了吧。

我無聊地觀察起千秋。她用她那厚重的單眼皮怔怔地眺望著臨近教室陽臺和校舍的城山樹叢。千秋真的偶爾會猛然一驚地瞪大雙眼，有時還會做出以視線追隨什麼東西似的舉動。我頓時想像了一下，她搞不好是在看早已不存在於這世上的幽靈，但這個想法太愚蠢了，沒必要特地去質問她。

無論是我們在班上被孤立，還是她看得見死者，這些事情都無關緊要。有田在我心中占據的分量變得越來越大。但我依然會跟龍平見見面、聊聊天、看看電影、在他房間纏綿。我很早就跟龍平提過有田的事。對於我經常和國中時的中年教師一起到城山觀察野鳥的這件事，他似乎不怎麼放在心上。

有田和我很有默契地於每個禮拜的星期六在登山道相見。起初他一個月只來城山一、兩次，所以看來他也很在意我吧。不過，當時他應該只是放不下我這個以前教過的學生而已。

不久後，有田送了我一個小望遠鏡讓我用來觀察野鳥。「這是我用舊的，希望妳別介意。」這個小望遠鏡不只舊，還傷痕累累，但倒是挺方便初學者使用的。據說是他剛開始觀察野鳥時所使用的望遠鏡。我心裡小鹿亂撞，比他買新的遠望鏡給我還要開心。

那天，當我一腳踩進土質鬆軟的地面時，輕輕握住了有田的手。他沒有甩開，反而回握了我的手。我偷偷望向他的側臉，他卻面無表情。我們兩個都沒有拿起望遠鏡，就這樣手牽著手走下登山道。

下次見面時，有田彷彿將一星期前那私密的心靈交流都忘得一乾二淨般，爽朗地說道：

「下次要不要來我家玩？有幾個妳以前的同學也會來喔。」

接著舉出幾名我國中同學的名字。他煞費苦心地想將萌生危險感情的我歸類回「學生」的範疇。我判斷他不可能突然才冒出這種計畫，為此感到消沉不已。國中畢業後，我從未與同學見面。但我還是答應了他的邀約。我很清楚有田是在委婉地拒絕我，因此意氣用事地想反抗他。就是在這個時候，我下定決心與龍平分手。

隔週的星期日，我到有田家拜訪。他住的地方距離三葉屋不遠，徒步便能到達。這棟蓋在閑靜住宅區的洋房，看起來就像是象徵著有田夫婦的幸福，我在門口躊躇了一下。

自遠處轉乘公車和電車來的朋友，是兩男三女。他們一看到我，便一臉吃驚地互相對望。肯定對於我這個在國中時期就個性陰沉又拒人於千里之外的人，竟然會來拜訪恩師的舉動感到很意外吧。不過，已經成為高三生的他們了，早已學會該怎麼隱藏這種幼稚的情緒。

那天到有田家做客，過程平平順順、安安穩穩。有田的太太是個有些豐腴，看起來冰雪聰明的人。家裡裝飾著一家三口的照片。兒子身處遠方，想必她也會覺得很寂寞吧。可能是因為這個原因，才會養了隻貓來排遣寂寥。那是一隻看似昂貴的外國種貓。女生們輪流抱起貓，直呼著「好可愛」。其中一個女生看我沒有想要伸手摸貓的意思，便開口問我：「杏子妳不喜歡貓咪嗎？」我也只是笑笑含糊帶過。

在倒入雅緻茶杯中的紅茶與蛋糕的另一側，是有田正在談天說笑的身影。我看著他，身體僵硬地坐在沙發上不動。規規矩矩擺在膝蓋上的雙手，在不知不覺中緊握。有田屬於這個場所。氣質優雅的太太、優秀的兒子、貓咪、美麗的住宅、庭院的樹木、皮沙發、薄陶杯——屬於這些高級又矯揉造作的環境。即使我們會單獨在城山中相處，但這個人一點兒都不屬於我。

我想要這個男人。

沒有任何理由，只是瘋狂地想得到他。我體內深處的某種東西在渴求著他。我過去錯把別人渴求自己誤以為是戀愛。然而並非如此，自主性地去渴求某人才是真正的戀愛。我對有田懷抱著渴望。

數日後，有田將會知道自己的計畫以失敗告終。我再也克制不住自己了。主動提出邀約的人是我。我們走進城山山腳下的一家冷清賓館，感覺真的就快要關門大吉了。床單是潮濕的，但我們滿不在乎地躺在上面纏綿。

我像是乾涸的大地吸收水分似地索求有田，並將自己的一切獻給了他，氣喘吁吁地發出嬌喘。被紅蓮業火包圍的我有如鬼女，就跟母親一樣。「妳媽不搞男人會死啦。」外婆的聲音言猶在耳。如同字面所示，我把有田搞上床了。

有田也是，當身體一與我交疊，便看穿我已有過經驗了。他或許看透了我身上流有我母親自甘墮落的血液。於是把我從過往學生的身分，升格成單純的女人。我明白他只是把我當成發洩情慾的對象，只把我當成一個十七歲的少女。況且還是我自己主動投懷送抱的。他大概以為讓我留下短暫的美好回憶，就能婉轉地結束這段關係吧。只是他萬萬沒想到，接下來人生才正要開始的少女會對一個中年男子動了真情吧。

他並不清楚我母親的性情，更別說繼承她血液的我會有多麼執著。只有肉體關係是不夠的。我必須將有田徹底占為己有，才能感到滿足。我才不管會有誰因為我的愛意受到多大的傷害與損失。

在必須決定出路的關鍵高二學期末到高三春天的這段期間，我一心只沉浸在如何將有田完全占為己有的思緒中。在與我發生親密關係後，有田依然樂天地以為能將我哄得服服貼貼。甚至覺得吵著不讓他回家的我很可愛。

另一方面，我也告訴龍平以後別再見面了，因為我無法對自己說謊。但龍平大概不能接受吧，他根本無法理解為何戀人會突然變心。可是我也沒辦法將理由轉換成話語向他解釋。

他一直逼我跟他見面。不是打電話到宿舍來，就是到靠近冰淇淋店的後門等我。我不接電話、避不見面，他便寄信給我，寫了長篇大論責備我不忠的內容。這也是理所當然的事。不過，我連那些信都不予理會。龍平開始整天借酒澆愁。明明酒量不好，卻不知節制地豪飲，有一次還在半夜衝到三葉屋來。看到醉得口齒不清的龍平，我才知道自己也將這個男人逼入了毀滅的絕境。

明明大學三年級了，卻沒有心思找工作。我想起龍平曾說過未來要在這座城市工作，不禁感到有些悲哀。

這就是我的本性。梨香也口氣嚴厲地勸告我，但我完全沒有意願跟龍平復合。我無論如何都想得到有田，然而有田也慢慢發現我的瘋狂。因為我一再逼著他跟太太離婚。我偷偷在他背後留下齒痕。我不知道他太太會不會發現我的印記——但我就是非這麼做不可。

我沒有想過要跟有田過著什麼樣的日子，只要能跟他一起生活就好，要把他搶過來、安置在我準備的地方，如此而已。我明明很輕蔑自己的母親，卻走上她以前走過的老路。

母親當時是獨自生活，但那個家我待得並不自在，反倒是經常往外婆家跑。外婆似乎也不怎麼跟母親往來。即便跟自己的母親和女兒疏遠，我想她也不會覺得寂寞吧。母親的視線總是只望著意中人的背影。只有這一點絕對不會動搖。

有田打算慢慢地疏遠我，但我絕不允許他這麼做。我為了他將溫柔的龍平棄如敝屣，走到這裡，已經沒有回頭路了。

「我斬釘截鐵地告訴他我不會離婚。」

戶川女士得意洋洋地挺起胸膛。一群小學生吹著直笛，從勝山莊前面走過。他們將《土耳其進行曲》吹得雄壯有力。這時有人吹錯，發出「嗶！」的破音聲。她眉心聚起皺紋，摀住雙耳。因為戶川女士沉默不語，我便從敞開的窗戶凝視在對面住宅的庭院裡綻放、狀似喇叭的黃色曼陀羅。這種花有毒，卻散發出令人陶醉的甜蜜香氣。

最近天氣持續放晴，長屋的房間待起來很舒適。陰天或雨天時，即使是白天，房間內依舊顯得陰暗，令人心情憂鬱。「把這裡改建成停車場，去別的地方蓋房子絕對比較好。」剛才戶川女士才如此建議房東。森岡爺爺一臉傻眼地回去了。

若是有時間提出忠告，倒不如想想自己未來要怎麼生活吧。比如說回到丈夫身邊之類的。因為我說出這種多管閒事的話，戶川女士開始說起他丈夫提出要跟情婦生活時的事。

戶川女士依然摀著耳朵，看起來像是在仔細聆聽什麼聲音似的。我想像著有一隻小螃蟹在她耳裡爬來爬去的畫面。

「我覺得我老公外遇也是在所難免啦。因為這代表我沒有魅力吧？這倒是無所謂啦。」

「這樣啊。」

「不過啊，我拒絕在離婚申請書上蓋章。」

以戶川女士的個性來說，算是有骨氣了。我雙手抱膝，將下巴靠在膝蓋上。

如此一來——我心想。如此一來，並肩坐在這裡的，就是丈夫被情婦搶走的妻子，以及被回到妻子身邊的有婦之夫拋下的情婦，真是可笑的組合。

要是有田像戶川女士的丈夫那樣選擇我就好了；要是有田的太太也像戶川女士那樣瀟灑乾脆就好了。如此一來，我也不會對有田如此狠絕。要是他沒有在沉溺於我們之間的桃色關係後，表示「當時的我是一時鬼迷心竅」就好了。

一個學期過半後，我的精神狀態又嚴重地陷入不穩定的狀態。有田害怕無法從這段婚外情抽身，開始漸漸與我保持距離。即使星期六跑去城山的登山道，也不見有田的身影。

龍平終於察覺我和有田發生了婚外情，氣得大發雷霆。他喝得爛醉後發起酒瘋胡鬧，大半夜幼稚地在鬧區到處弄倒酒館的招牌、路旁的腳踏車和機車。當警察趕到現場時，據說他還反過來被店家的員工圍毆。

「妳得好好向他道歉，徹底分手才行。」梨香這麼說。她很擔心我，提出要陪我一起去，但我還是一個人去見龍平。明明才剛被警察放回來，他又在公寓裡一臉痛苦地喝悶酒。

「你要怎麼樣才嚥得下這口氣？」我開口詢問後，龍平便揍了我。他用腳踹我，還把我拖去撞牆，抓住我的頭髮在房間裡拖行。龍平對我施暴時，還一邊嚎啕大哭。我也哭了。龍平實在是可憐至極。無奈我非有田不可。

離開龍平家後，我立刻聯絡有田，約好要見面。我大膽地打去他任職的國中。有田就匆匆忙忙地趕來城山赴約。

我沒有照鏡子，但我知道自己的樣子一定很悽慘。因為在前往登山口的途中，與我擦肩而過的行人紛紛倒抽了一口氣，目不轉睛地盯著我看。想必是鼻青臉腫、滿臉鮮血，頭髮亂七八糟，像個幽魂般步履蹣跚吧。既然如此，有田的反應也不算誇張。如字面所示，他的臉色蒼白地像是一張白紙，啞然失聲。

即使如此，我還是面帶微笑地如此說道：

「老師，我去找你太太，向她解釋清楚吧。」

他從外套的內側口袋拿出一個信封袋遞給我。有田的手抖個不停，害我花了一段時間才接過來。信封裡裝了一大筆錢。我歪了歪頭表示不解。

「收下它，拜託放過我吧——」

有田好不容易才吐出這句話。

我腫得幾乎睜不開的左眼溢出淚水，滴落在信封上，呈現出血的顏色。有田「噫！」地輕聲驚叫了一下，一溜煙地衝下了山路。

當天回到三葉屋後，宿舍裡也掀起一波騷動。我被帶去醫院治療。老師和舍監等人似乎以為我在城山裡遭到強暴。因為當時把女性帶進城山施暴的事件層出不窮。不過那是深夜時分。我再怎麼樣也不會在那種時間登上城山。

我堅稱自己是在偏離城山登山道的場所失足滑落。只有梨香，我對她據實以告了。表示這是我為了與龍平一刀兩斷所必須承受的皮肉之痛。

「妳真傻，妳超傻的啊。」梨香像念誦咒語一樣反覆說道。「妳以為這樣龍平的心靈就能得到救贖嗎？他痛打了妳一頓後，又墜入地獄了。」

「反正，當時我也只能那麼說了。」戶川女士嘆了一大口氣說道。「我也明白我老公不會因此回心轉意就是了。」

戶川女士咬了一口甜甜辣辣的仙貝。

「最後還是只能接受這一切。」

「就是說啊。」

傷好了後，我前往有田家。目的是為了歸還那筆錢。我沒有理由收下那些錢，因為我完全沒打算和有田分手，也認為只要老實坦承，就能獲得他太太的諒解。不過，當我上門拜訪時，他太太並不在家裡，有田則是驚慌失措地不斷向我道歉，還有提出分手。我的腦中一片空白，激動地對有田說：

「老師，你不是說你喜歡我嗎？說你永遠不離開我。說我全身上下都是屬於你的。你看，這裡！還有這個地方也是！」

我拉開襯衫，坦露胸口，朝著他吶喊。

「老師，你很清楚我未滿十八歲吧？但你還是一而再、再而三地跟我上床了不是嗎！你知道那是犯罪嗎？」

我徹底失去理智，跺著腳大喊。他太太養的貓興奮地在我四周繞來繞去。

結果還是天不從人願。有田的太太什麼都沒做就搶回了他丈夫。雖然不大清楚，但事情自然而然就發展成這樣了。我們只能接受這一切。

「妳瘋了。」

最後有田這麼對我說。這已經是前塵往事了。

自那時起，我就變得感覺遲鈍，記憶模糊。不過也多虧那件事，我才能像這樣生活。在城山旁，不作多想，昨日已逝，今日無存，明日不再——

曼陀羅朝著同一方向沙沙搖曳。花團中有一朵大曼陀羅往下墜落。發出沉重的聲響。

我站起身來，戶川女士也搖搖晃晃地跟了過來。她在玄關前撣落掉在裙子上的仙貝屑屑。我們並肩邁開步伐。

一陣風從昆沙門坡的方向吹了下來，穿過我和戶川女士之間。

抱著貓的女人

猫を抱く女

抱著貓的女人

那棟洋房就蓋在森林的入口處。

我緊握麻耶的手。麻耶一臉不安地抬頭仰望我，我勉強擠出笑容回望她。這是我第幾次來這裡了？次數少得屈指可數。耳邊傳來路面電車叩隆叩隆經過路軌的聲音，車輛來來往往的噪音，使我鼓起勇氣，邁步走向洋房玄關。朝著丈夫的老家前進。

「這個城市的正中央有山耶。」麻耶說。從下車的車站也能清楚看見微高的城山。看在習慣大廈林立的東京街景的三歲孩童眼裡，大概覺得很不可思議吧。

「對呀。奶奶的家就在山下喲。」

上次來的時候，麻耶還只是嬰兒。這次丟下忙於畫作的丈夫慶介不管，只有母女兩人回鄉。玄關沉重的大門開啟，一名身材削瘦的老人從裡頭走了出來。這個男人姓北見，從上一代起就在這個家服務。

「歡迎回來。」北見如此說道，畢恭畢敬地低下頭。「老夫人盼兩位來都盼得望眼欲穿啦。」

他小跑步過來，接過我手中的波士頓包。「要是您告訴我什麼時候到站，我就去車站接兩位了。」

「不，請別費心……」

我立刻便窮於回答。這裡令我感到不自在。洋房背後那片森林隨風搖曳，沙沙作響。彷彿是在警告著「有外地人來了」。陷入自己就快被這沉重的綠色團塊給壓垮的幻想中，我再次緊握麻耶的手。

被指定登錄有形文化財產的蒲生家宅邸，外牆是以花崗岩建造而成，一部分貼著美麗的水藍色瓷磚。是地下一層、地上兩層樓的構造。蓋有寬敞停車門廊的正面玄關前，有御影石製成的三階臺階。厚重的大門上刻有「左三巴」的浮雕，是蒲生家的家徽。

一站到刻意建造成左右不對稱的宅邸前，我總是莫名感到有些暈眩。我試圖尋找這份不安與困惑源自何處——最後還是作罷。他們家族代代都是山上那座古城的城主。

我的丈夫慶介是自江戶時代延續至今的蒲生家的正統繼承人。將獨生子送到東京後，入贅的公公四年前便駕鶴西歸。打那時起，慶介的母親便在這偌大又陰森的洋房裡與北見及數名傭人一起生活。

「小環，歡迎妳來。」

當我望著玄關大廳挑高的天花板和乳白色大理石柱，正看得入迷時，正面樓梯上落下一道清澈響亮的聲音。是我的婆婆君枝。我把想要躲在我背後的麻耶拉向前來。

「來，快跟奶奶打招呼。」

麻耶像是敏感地看穿了我的心思似地緘默不語。現在我認為，令自己感到不自在的其實應該是君枝才對。不，屬於這充滿壓迫感的場所——背後緊鄰古城的宅邸相關的一切事物，都令我心生恐懼。

我大慶介六歲，出身於東京一個狹窄髒亂的下町街區。父親經營一家典型的金屬加工小工廠，很久以前就倒閉了。當初婆婆會反對我倆結婚，或許也是理所當然的事。本地首屈一指的名門蒲生家，直到今天也是擁有許多大廈和停車場的資產家。

「哇，麻耶都長這麼大了啊。」

君枝走下樓，在麻耶面前蹲下，好讓視線與她同高。麻耶雖然身體僵硬，卻任由君枝撫摸她的頭。

慶介不顧君枝的反對，硬是與我結了婚，不久後便生下了麻耶。我以身為畫家的慶介，畫作漸漸受到好評而開始出名，以及忙著照顧小孩為藉口，鮮少拜訪這裡。但是我並沒有與婆家疏遠。尤其在麻耶出生後，我努力試圖改善婆媳關係。君枝也不意外地如同社會上常見的情形那樣，因為可愛的孫子而軟化了態度，如今也已承認我是蒲生家的媳婦了。

為了在東京承租備有兩間畫室的獨棟住宅，我們還在接受君枝的援助。雖說畫作的買氣已經起來了，但慶介的收入還是有限。只是受到一名畫商偏愛，遠不足養活我們一家三口。

君枝領著我和麻耶來到會客室。正式的客廳另有別處，這裡則是專門接待關係親密訪客用的房間。從樹林枝葉的空隙間能俯瞰到鬧市，我暗自將這裡定位成是這個家中最舒服的場所。麻耶在天鵝絨材質的彈簧硬沙發上落坐，晃動著穿著白襪的雙腿，孩子氣十足地東張西望，眺望整個房間。

大理石暖爐在招待主賓的客廳裡也有，不過現在兩邊都沒有在使用。灰燼已清掃乾淨，裡頭安裝著殺風景的瓦斯暖風機。地板上鋪的波斯地毯原本應該是高價品吧，如今處處都出現褪色、磨損。麻耶也被天花板上垂吊的高雅小型水晶吊燈給吸引了目光。

幫傭的土居婆婆將紅茶放在托盤上端了過來。她在這個家幫傭到這把年紀，因為患有風濕病，手指無法隨意活動。我站起來幫她，好不容易才把紅茶擺放到桌上。一切都老舊得嘎吱作響。不論是這個家，還是住在這裡的人。

紅茶裡飄浮著檸檬片，麻耶莞爾一笑。君枝也因為這個唯一的寶貝孫女的舉動而笑逐顏開。

「慶介過得怎麼樣？」

我將慶介的畫作在畫商的推薦下，成功賣給了一間公司的社長，以及他預定在三月份和大學朋友共同舉辦畫展、正在努力作畫的事情一五一十地向她說明。頻頻點頭聆聽的君枝，最後輕聲嘆息，輕得令人難以察覺。大概是對兒子成為畫家一事，至今仍感到不滿吧。此外，還有他與從事繪畫修復師這種莫名其妙職業的年長女性結婚這件事。

「那麼，差不多該讓妳看看那幅有問題的畫了。」

君枝站起來，帶領我和麻耶離開房間。起碼我這個婆婆似乎有心想要理解我的職業，因為她想委託我修復這個家中的古老油畫。

我們走上二樓。樓梯鋪著紅色的地毯，把我們的腳步聲都給吸收進去。聽說這個家是君枝的祖父蒲生秀衛於大正時代建造的。原本是用來接待賓客的別邸，戰後拆除本邸，改建成租賃商業大樓時，一家子便搬來這裡居住。

「請進。」

君枝推開位於陰暗走廊前方的厚重門扉。按下電燈開關，發出「啪嘰」響亮一聲。這個空間的天花板很高，沒有爐火的溫暖，冷颼颼的。大家習慣稱呼這裡為「讀書室」，裡頭收納著蒲生家各代當家的藏書。我還是第一次踏進這裡，停滯不流通的空氣令我有些畏怯，但我沒有將情緒表現在外，默默跟在婆婆的後頭。據說要拜託我修復的畫作，一直都掛在這個房間。

古老墨水和紙張的味道，似乎還摻雜了些許黴味，對畫作來說，這並不是一個好的保存環境。像日本這樣冷熱乾濕變化劇烈的環境，根本就不適合保管油畫。除此之外，陽光直射、灰塵和香菸的煙等等，都會在不知不覺間傷害畫作。密閉空間也不好，必須讓畫作呼吸到新鮮空氣才行。溫度最好介於二十度到二十四度之間；濕度最好介於百分之五十到五十五之間。若是處於美術館完善的空調設備下倒也就罷了，但根本不可能要求一般住宅達到這樣的環境條件。於是掛在牆上不管的畫作，狀態便越來越惡化。

因此便需要像我們這樣的繪畫修復師。雖然在社會上鮮為人知，不過大型美術館通常會設置科學研究室，不僅有專門的工作人員，還會收到拍賣公司、畫商或個人收藏家等人的委託，負責修復畫作。

我在民間的修復工房工作多年，生下麻耶後藉機辭職，不過我打算繼續這份工作。說獨立創業倒是好聽，不過就是前東家答應會分給我一些臨時的工作罷了。只是在照顧麻耶的同時，在家裡的工作室處理兩、三件雜務而已。工作狀況十分不穩定。

婆婆會委託我工作，其實也有幫助我的意思在裡面。據說是要修復興趣廣泛的蒲生秀衛本人所畫的油畫。因為是業餘人士畫的作品，當然不具任何價值，但對君枝而言，那似乎是十分寶貴的存在。其實我還滿常收到這類委託的，大部分的案子都是肖像畫。沒沒無名的肖像畫家，或是業餘愛好者所畫的故人肖像畫，對家人來說都是無可取代的東西，因此需要修復。

君枝打開讀書室的窗戶。冬天清冽的空氣流了進來。麻耶追著君枝的背後跑，我也跟在她後頭，往如黑影般的並排書架深處前進。盡頭有一張書桌，上面擺了一盞鈴蘭形狀的鐵製桌燈，油畫就掛在書桌旁的牆壁上。

那是幅一百號尺寸的大型畫作。畫的是一位女性坐在椅子上的景象。那位年輕女性身穿一件美麗的淡紫色連身裙，擁有一張五官端整的鵝蛋臉、細長的眼睛、微厚的豐潤嘴脣、透亮的白皙肌膚。微微側身端坐的女性乍看之下有些柔軟，卻散發出與其相反的堅強意志與生命力。

「我不知道這名女性是誰。」君枝等我大致看完畫後，便如此說道。「可以確定的是，這並不是我的祖母。好像是祖父年輕時候所畫的畫，但他本人也沒有公開模特兒的來歷，因此真相是什麼至今還是成謎──」

我一邊聽婆婆解釋，一邊偷偷觀察麻耶的模樣。她的視線集中在一點──女性的大腿上。那裡有一隻貓。不對，應該說是像是貓一樣的動物吧。

牠有著怪異的灰底黑條紋體毛。大概是外國品種的貓咪吧，由於女性的手掌蓋住牠的頭部，看不出是什麼品種。一對黑色的三角耳從女性的指縫間露出。從其他指縫間也能看見一雙宛如水晶般、帶有藍色的眼睛。彷彿野生動物在黑暗中閃耀的猙獰雙眼。模特兒女性的視線望向別處，然而這個生物的眼神卻直勾勾地盯著這裡。

後腳與前腳的比例怪怪的。瘦弱的前腳長著貓不可能長出的長指甲，而且竟然只有三根。最讓人匪夷所思的，是那條垂在淡紫色連身裙上的尾巴，竟然細長如鼠尾、呈現膚色，而且上面一根毛都沒有。

「這生物很奇怪吧？」君枝對麻耶這麼說，接著又轉向我說明。「這似乎是祖父憑想像創造出來的動物，並不存在於這個世界上。」

「不存在於這個世界嗎？」

窗外吹來一陣帶有山林氣息的風，穿過書架間。君枝突然像個孩子般笑道：

「祖父是個相當具有童心的人。這幅畫從我出生時就掛在這裡了，我也問了好幾次，想知道這隻動物到底是什麼。」

「這是什麼？」

我想她並非刻意模仿君枝幼年時的語氣，但麻耶開口詢問同樣的問題。

君枝對麻耶笑道：「奶奶也不知道呢。」

「不過，他也說過這樣的話呢。說只要像我這樣的小孩相信牠真的存在，就能賦予牠生命。我聽完後害怕了好一陣子，感覺這個令人毛骨悚然的生物就存在於房子的暗處、山上的樹叢裡。」君枝一臉懷念地仔細端詳那幅油畫。「就某種意義而言，我祖父他就是如此純真的人。對我來說，這幅畫充滿了我與祖父之間的回憶。」

「原來是這樣啊。」

「總是會令人忍不住去想像看不見的部分，沒錯吧？如此一來，看什麼就像什麼。因為繪畫是映照出賞畫之人內心的鏡子。這也是祖父告訴我的。」

「他真是個——內心豐富的人呢。」

「是啊。不過，他似乎是個缺乏實務能力的人。不是畫圖、看書、旅行，就是捐款給現在所謂的慈善義工活動，最後祖母都放棄管他了。但祖父似乎曾對祖母說過，這是守護蒲生一族的重要生物。」

「守護蒲生一族——？」

「現實派的祖母取笑他，這種莫名其妙的小生物，是要怎麼守護我們家族。」

麻耶眨了眨眼，陶醉地發出嘆息。

結果我們在婆婆居住的洋房逗留了三天。我將蒲生秀衛畫的奇妙畫作小心翼翼地包裝，寄回東京。這三天，麻耶已經跟她奶奶君枝還有她爸爸老家的這棟洋房混熟了。

我之所以特地帶麻耶來這座城市，不僅是因為想先確認委託我修復的那幅畫的保管狀態如何，也是想讓平常相隔兩地的麻耶和君枝多少培養一下感情。若是能進而改善我們夫妻結婚時，我和婆婆之間鬧出的矛盾就好了。我想君枝也是基於同樣的動機，才拜託我修復那幅掛著不管的畫吧。

慶介看到寄來的畫作後，似乎也跟我抱持著同樣的感想。

「竟然拜託妳修復這幅畫，真不知道我媽在想什麼。大概是以委託工作為藉口，想把妳和麻耶給叫回家吧。」

「媽對這幅畫的感情很深喔。因為這幅畫包含了她心愛祖父的回憶。」

「是喔！我一直很害怕這幅畫呢。所以都不敢靠近讀書室。我會討厭看書，都是這幅畫害的。」

「錢收多一點沒關係，反正她也有資助我們的打算。修復得好不好根本無關緊要。」慶介拋下這一句，便逕自走進自己的工作室。

或許是因為慶介是含著金湯匙長大的緣故，總是不顧慮別人的感受，說話直來直往。我自己十分明白，憑我一己之力還無法單獨包辦修復的工作。所以才會像這樣接受家人委託，修復這種庸俗的畫作，也知道君枝打算支付過多的金額來資助我們的家計。

這嚴重傷害了我身為技師的自尊。他本人大概沒發現自己說的話，又在我的傷口上撒了鹽吧。

這是慶介的優點，同時也是缺點。正直老實、自命清高、固執己見、單刀直入、自命不凡，卻有著十分脆弱、柔軟的一面。簡直就是典型的遠離世俗的畫家。我就是因為放心不下他才會跟他結婚的，有苦也只好自己吞。

我重新打起精神，著手修復畫作。即便不是出自知名畫家之手的高價作品，只要對某個人來說是無可取代的東西，那麼它就是名畫。所以絕不能偷工減料。這是我師父的教誨。

麻耶乖巧地在客廳玩耍。她知道不能進來慶介和我的工作室。

在現場把畫從牆上拿下來後，我先粗略調查了一下畫作。連壓在畫框與作品之間的剝落顏料也都用放大鏡找出來，仔細地收集帶回。這能在分析顏料時派上用場，也可以再用來修補畫作。

首先要清洗油畫表面。用清潔液清洗，再以海綿吸乾浮出的污水。目的是為了清除那些在油畫顏料隆起和龜裂的地方、長年累月下所積存的灰塵、砂粒、纖維和某些粉末狀的東西。

我花了好幾天專注清理油畫表面。因為是時隔一段日子才接到的正式修復工作，我也埋首其中，時間一下子就過去了。就在進行清洗作業的過程中，我發現了一件奇妙的事。模特兒女性的背景描繪的是風景畫。但應該不是實際坐在這個風景前擺姿勢的。看起來像是作者配合人物的形象所添加上去的風景畫。是中世紀肖像畫常見的風格。

前方有荊棘叢，背後栽種著結了黃色果實的果樹。畫布右半邊則有半坍塌的木柵欄。木柵欄圍繞著池塘，灰藍色的水面映照出天空的雲朵。一條小路往山丘延伸而去。有森林，有小屋，是坡度平緩的丘陵地風景。整體以彩度低的土黃色來統合，因此不會喧賓奪主，干擾到前方的人物。畫作整體呈現近大遠小的透視感。也達到了凸顯擺姿勢女性的白皙皮膚與淡紫色連身裙的功效。

清洗畫作的背景時，可發現這裡有好幾處顏料層疊般的筆觸。其中上層顏料有一部分剝落，露出下方顏色截然不同的地方。我推測這可能是作者覆蓋了原本在那裡所畫的某種東西，立刻打了電話給婆婆。君枝對我的發現十分感興趣。

「搞不好是以後世的人會發現為前提，像錯視畫那樣，故意隱藏住各種圖畫也說不定。這很像祖父會做出的事呢。」

她同意我去除疊在上層的顏料。去除原畫上加畫的圖，恢復原本作品的價值，是常有的行為。修復師的工作中也包含改正過去不恰當的修補。雖然難以置信，但甚至會有生意人為了符合現代感，刻意改變畫作中的長相、髮型、衣服等部分的例子。為了開出更高的價格，恣意改變畫作，明顯損害了作品的獨創性。

不過，我所保管的畫正如婆婆所說，肯定是同一作者，也就是經由蒲生秀衛之手所畫上去的，所以覆蓋舊畫或許才符合作者的意圖。原本想加畫什麼東西上去，卻因為破壞整體平衡才重畫。不過，總之現在這幅畫作的持有人君枝是希望能還原畫作的。我也抱持著幾分好奇，開始除去覆蓋在舊畫上的部分。一邊塗上軟化顏料的溶劑，一邊用小刀刮掉顏料。這個作業需要毅力和集中力。

我向君枝報告進度後，君枝像個孩子般地說道：「好期待呀。」電話裡傳來有人在她背後說話、走動的聲音。我想應該是君枝的外甥女由香里來了。由香里是君枝妹妹的女兒，偶爾會進出阿姨家。我後來才聽說這個相當於慶介表妹的醜陋胖女人，對我們要結婚一事相當反對。她好像對君枝灌輸讒言，宣稱年紀足足大了慶介六歲的我，是為了蒲生家的財產才欺騙慶介結婚。

我當然不是因為覬覦他們家的財產才會和他結婚的。我確實很感謝富裕的君枝現在資助我們的生活沒錯，但盡早能靠我們夫婦兩人的收入維生，才是我最大的心願，根本絲毫都沒想過慶介有一天會繼承家產的事。慶介本人也是如此。他滿腦子只想著畫畫。相對來說，由香里自己和丈夫投資沒價值的生意，才是在揮霍金錢。那些資金似乎來自君枝的口袋，但基於同樣的理由，我們夫婦根本不關心那種事。

我先剝除最遠景的山丘頂端的部分。土黃色的顏料底下出現了藍色。看來這裡原本似乎畫了一名孩童。藍色是孩童洋裝的顏色。我慎重地剝下蓋在孩童臉上的顏料。好像是一名頭髮編成三股辮的女孩，不過因為畫得太小，五官並不清晰。我小心翼翼地剝到手腳的部分後，發現有隻綠色的小鳥停在她的肩上。看起來像是隻鸚鵡，不過與孩童的體型相比，算是非常大隻。

我停下手部動作，目不轉睛地凝視女孩與鸚鵡。然後慢慢走下馬椅梯，到盥洗室清洗被顏料、溶劑弄髒的手指。餐廳那裡傳來麻耶大喊「媽媽，下雪了！」的聲音。落地窗外可看見斜斜飛舞的細小雪花。

我和麻耶並肩賞雪。那一天也下著雪……

殺死綠色鸚鵡的冰雪。越下越大的雪，不容分說地把我帶回過去。

小學時，我家附近盡是一堆小工廠。不管走到哪裡都充斥著機床的運轉聲和機油的氣味。我的同學結衣子家裡也經營一間和我家一樣的沖壓模具加工廠。不過規模截然不同。她家僱用了十幾名員工來操作機器。但即便如此還是應接不暇，所以把承包的案子轉包給我家負責。

我的祖父和雙親每天都渾身油汙、辛勤地工作，但還是只能勉強維持生計。相對地，結衣子的家庭則是十分寬裕。她家是獨棟住宅，蓋在遠離工廠的地方，與居住在工廠樓上的我家是天壤之別。身為家中獨生女的結衣子，總是穿著漂亮的洋裝，把長髮紮成三股辮。還學鋼琴和芭蕾舞。

不過，這些因素並不妨礙小孩交朋友。我們同樣身為下町的孩子，依然毫無芥蒂地往來。我也不覺得結衣子有什麼好羨慕的。直到小學五年級，結衣子開始在家養起小鳥時，我才第一次萌生羨慕之意。

那是棲息在印度或斯里蘭卡的中型鸚鵡，身體的顏色是令人眼睛為之一亮的鮮豔綠色。結衣子說這隻鸚鵡是她在百貨公司的寵物區發現、死皮賴臉地央求父母買給她的。當時也聽她提過價錢，但多少錢已經忘了，只記得貴得嚇人。

結衣子把牠取名為「莉莉」，放進漂亮的鳥籠裡飼養。班上的同學都去結衣子家看莉莉看了好幾次。莉莉能記住簡單的詞彙再說出來，害我也好想要養鸚鵡喔。同時，我也十分明白那不是我家的家計能夠買得起的東西。

結衣子偶爾會心血來潮，連同鳥籠把莉莉借給朋友賞玩幾個小時。起初是借給跟她一樣都在學鋼琴的孩子，接著也借給了自己喜歡的男生。我自認為跟結衣子交情算是不錯，因此滿心期盼她會把莉莉借給我。我夢想著自己提著裝有莉莉的鳥籠走路，教莉莉說話。然而，無論我等了多久，始終都沒有輪到我。

「我才不要借給小環呢。」在我央求結衣子把莉莉借我後，她便毫不客氣地拒絕了我。「妳家那麼吵又髒兮兮的，這樣莉莉太可憐了。」

圍成一圈的女同學們嘻嘻嗤笑。「而且還很臭。」補上這一句的是個男生。

我有生以來第一次對人懷抱憎恨的感情。此外，還有嫉妒。

結果我怎麼做呢？我偷了莉莉。我至今仍不明白自己為何要做出那種事。我看見結衣子家面向庭院的窗戶敞開，便爬進了窗戶帶走莉莉。我提著鳥籠拔腿狂奔，但是對之後該如何是好完全沒有頭緒。我沿著河川奔馳過河灘，然後登上映入眼簾的小山，那是座豎立著鐵塔的小山。我爬到了山頂，才終於停下腳步。並非有路可去，而是走投無路。

太陽開始西沉。片片雪花紛飛。我將鳥籠打開，放走了莉莉。我並非企圖湮滅證據，因為我提著空鳥籠，腳步沉重地走回家了。之後的事情已經記不清了，我沒有受到父母責罵的印象，但也有可能只是我忘了。我想父親應該有去結衣子家道歉。

學校的事我也記不得了。我完全欠缺後來是如何面對結衣子和朋友們這部分的記憶。只是，班上有人發現莉莉死在雪中一事，我記得一清二楚。南國的鳥兒凍死在雪中。我明明沒有目睹，腦海裡卻反覆出現綠色鸚鵡死狀淒慘地躺在白雪中的畫面。

不到一年，我便轉學了。因為我家工廠倒閉了。都是我闖禍的關係，害得結衣子父親經營的工廠不再轉包工作給我們。但家裡的人卻絕口不提這件事。

我重新打起精神，著手剝除其他重塗的部分。由於出現女孩和鸚鵡的圖畫，害我封印的記憶因而甦醒。討厭的回憶，明明最近幾乎沒有回想起這件事。安靜的工作室中，只響起小刀刮除舊顏料的聲音。

麻耶正在睡午覺；慶介也外出不在家。他說有間新畫廊願意展出他的作品，便拿了兩、三幅完成的畫作過去。他還兼任補習班講師的工作，指導那些想考美術大學的學生，傍晚似乎也會去那裡授課。

慶介是日本洋畫界巨擘須永喜三郎畫家所收的關門弟子。雖然去年大師與世長辭了，但影響力還是遍及各地，慶介的名聲似乎也跟著水漲船高。照這樣下去，若是他的畫能賣個還過得去的價錢，生活也能穩定下來吧——

我甩掉腦中的雜念，集中於眼前的作業。現在要處理蓋在山腰的小屋旁邊區塊。畫著女孩和鸚鵡的是最遠景的地方，這次則是稍微往前一點的部分。這裡感覺也畫了人物的樣子。被溶劑溶化的土黃色底下露出男人的面孔時，我確認了這一點。他做出正要離開小屋、踏上小路的姿勢，面向正面。

我突然停手。這是個中年的微胖男子。頭髮中分，梳理整齊。鼻子左側有一顆隆起的黑痣。小刀從我手上滑落，在地板上發出撞擊聲。我用雙手抱住開始顫抖的身體，卻依然止不住顫抖。

我認識這個男人。

他是父親的朋友，姓氏是小杉。自家的工廠倒閉後，父親開始在其他工廠旗下討生活。因為倒閉的關係，債臺高築，這讓我家的經濟狀態比以前更加拮据。小杉是父親從小一起長大的玩伴，在我們一家人搬到狹小的公寓後，他便經常進出我家。我不知道他從事什麼樣的工作。

母親起初很討厭他，認為這個男人很可疑。但奇妙的是，資金周轉順利了許多。當父親來不及籌錢還債時，似乎都會向他調頭寸。金額應該不大，但父親卻低三下四地感激不盡。祖父住院時，似乎也受到小杉的關照，母親也漸漸信賴起小杉。

然後——某一天，母親和小杉一起人間蒸發了。在我國中三年級的時候。

從此以後，我再也沒見過母親和小杉。

「媽媽！」麻耶在寢室醒來，哭喊媽媽。我一個箭步衝出工作室，奔向麻耶身邊。穿著被顏料弄髒的運動服，直接抱緊麻耶。一副睡迷糊的她，抽抽噎噎地哭泣。

做惡夢的——究竟是這孩子，還是我——？

慶介心情十分愉悅。他說新接洽的畫商對他的畫給予很高的評價。

「聽說把須永老師的畫全部買走的，就是那間畫廊。」

他熱血沸騰地談論一名姓阿倍的畫商。我準備的晚餐，在他面前逐漸冷卻。我少話地隨聲附和。

這時我腦袋裡所想的是截然不同的事情。就算碰巧在保管的畫中發現與我的過去有關的要素，那又怎麼樣？第二個出現的男人的確與小杉十分相像。但那肯定只是偶然罷了。畢竟之前先從鸚鵡和女孩的圖畫中回想起我和結衣子的過往，所以才會變得神經過敏吧。冷靜思考過後，總覺得這未免也太愚蠢了，竟然因為這種事怕得發抖。再說了，蒲生秀衛畫那幅畫的時候，是戰前的年代。那時連君枝都尚未出生，怎麼可能預測得了未來會發生在我身上的事。

我偷偷笑了笑，慶介因此停頓了一下，對我投射視線，像是在問我「笑什麼？」。我搖了搖頭回答：「沒什麼。」

「不知道老師對於自己的畫現在被買賣會怎麼想？」慶介又開始繼續說道。須永畫家晚年時幾乎沒有出售自己的畫作。所以工作室裡存放著一堆他的作品。慶介在讀美大時心醉於須永的畫，硬是找上門、求人家收他為徒。個性難伺候的須永，不知為何十分欣賞慶介，便答應收他入門。慶介一心一意地臨摹師父的畫作，專注到須永把家中的一個房間分給了他。

慶介一邊臨摹須永所畫的靜物畫與人物畫，一邊建立起自己的畫法。在須永的介紹下，他也開始逐漸受到矚目。即使如此，他還是在美大畢業八年後，才入選有名的美術展。我們就是在那時認識的。他是新人畫家，而我是畫商委託來復原畫作的修復師，因而在同一間畫廊進出。

「媽拜託妳的畫修補得怎麼樣了？有在動工嗎？」

慶介突然提起那幅畫。我只回答：「有。」慶介對老家的舊畫似乎沒什麼興趣，沒有再問下去。他終於動筷用餐。須永畫家死後，遺族開始出售他的畫。把大師的畫作全部買下的，就是這次慶介經由別人介紹所結識的畫商阿倍。我心想，這或許是個不錯的好機緣。

麻耶打了一個大呵欠，已經到了就寢時間了。我急忙開始準備幫她洗澡。麻耶睡眼惺忪地任憑我脫下衣服。胖嘟嘟的身體真是可愛，我在更衣室緊抱住她。我絕對不會像我母親一樣，拋棄孩子——

在阿倍的斡旋之下，敲定要在百貨公司舉行展銷會，慶介因此幹勁十足。加上三月的展覽，為了準備這些事，讓他忙得不可開交。比起在工作室創作，他外出的次數更多。據他所說，阿倍似乎十分精明能幹。買賣畫作的數量，遠比他先前來往的畫商所買賣的數量還要多。阿倍帶著慶介到處跑，拓展了他的交際圈。

原本就不怎麼善於社交的我，沒有多加理會丈夫，只是待在家埋頭作業。一發現重塗的筆觸，就剝除顏料。作業的區域慢慢往下方移動，塗改過的範圍也越來越大。換句話說，從遠景移動到近景，掩蓋的部分也越來越大。

看來君枝的祖父似乎塗改掉原本所畫的好幾個人物。模特兒女性右側的池畔，慢慢出現人物的雙腳、腹部、胸部，似乎是一名年輕男子，他坐在柵欄上，尖尖的下巴長著稀疏的鬍子。上脣揚起，露出淺笑。進行到這裡，我緊握被溶劑浸濕的脫脂綿。

這怎麼可能。不可能——

當上半臉從顏料底下顯現出來時，我輕聲叫了出來。那是我在繪畫修復工房開始學藝時所交往的男友。藤原恭平，畫上的男人就是他。我扔下工具，往後一路退到房間角落，摀著嘴巴，凝視著一百號尺寸畫作的右側。不管重看幾次都沒錯，恭平也總是這麼笑著。

「反正我們就是當不成畫家啦——」我甚至想起那男人的口頭禪。我們的師父說：「畫家是藝術家，我們是技師，或是專業職人。要對這一點引以為傲。」恭平偷偷在背後對這句話尖酸刻薄地反駁。畫家是發揮想像力來創作，修復師的工作則是復原。所以，讀取繪畫創作者的意圖，遵從畫家本身的運筆方式才重要。絕不能任意修改、或是在其中發揮自己的創作力。他直到最後都聽不進去師父的這段忠告。

和我交往時也渣透了。他的父親是美大的教授，自己也曾經夢想成為畫家，因此經常懷抱著不滿、屈辱與焦躁。他將那些怨憤發洩到我身上。我有一段時期和他住在一起，總是受到他拳打腳踢的暴力相待。

我曾被他打斷牙齒、剃光頭髮，好幾次都覺得自己會被他殺死。但年輕的我受到年長的他掌控、支配心靈。可能我自己在精神層面也很依賴他吧，所以始終無法下定決心跟他分手。被他以作為修復用黏著劑的熱蠟淋在身上時所造成的燙傷疤痕，至今仍留在我的背上。

與他交往時所感受到的恐懼再度甦醒，令我的牙齒不停打顫。恭平最後也沒有當上修復師，離開了工房。然而即使與他徹底分手，那段記憶依然化為陰影折磨著我，害我去看心理治療科看了好幾年。

之後的兩個星期，我都無法靠近那幅畫，甚至不敢踏進自己的工作室。慶介並未察覺我的異常，這也跟他的工作一帆風順有關。阿倍搶在展銷會開始前就出了好價錢，買下他的幾幅作品。我沒有向丈夫訴說秀衛的畫裡所出現的詭異情況。我自己也對這個現象百思不得其解。為何那些讓我人生陷入泥沼的過往，會出現在畫裡呢？我恨不得把那些記憶從我腦海裡刪除。

假如沒有和慶介結婚，我就不會出入那棟洋房；假如我不是修復師，婆婆也不會把那幅畫託付給我。難道這冥冥之中，有什麼力量在運轉嗎？我想破了頭也想不出個所以然。

——因為繪畫是映照出賞畫之人內心的鏡子。

君枝說過的話不停地縈繞在耳邊，將我逼入絕境。

不過，多虧了麻耶，我才有勇氣再次面對那幅畫。經過兩個星期與麻耶形影不離的時間後，我恢復了自信。已為人母的我，不再是過去的我。不是年輕時期那個任由恭平宰割、縮起身子不敢反抗的那個軟弱的我——

另外還有一個理由。被覆蓋的地方只剩一處就復原完畢了。我不希望只是一味地感到害怕，就這麼讓整件事告終。那個地方位於身穿淡紫色連身裙女性左側的荊棘叢裡。由於是最近的場所，如果隱藏在底下的還是人物，勢必會看見又大又清楚的表情。

半隻腳沒入荊棘叢的，是個體格健壯、剛邁入老年的男人。他將一隻手放在果樹的樹幹上，表情清晰可見。銀髮、紅潤的臉龐、圓滾滾的眼睛、向兩旁擴展的鼻翼。我目不轉睛地凝視著正面朝向這裡的男子，最後深深吐出一口氣。我從未見過這個人。

畫的右側依然存在著恭平，還有走下小路的小杉和肩上停著鸚鵡、疑似結衣子的少女。不過，最近景畫的卻是一個陌生男子，著實讓我的心情平靜許多。至少讓我認為這並非是什麼充滿惡意的機緣巧合。

我盡量態度淡漠地進行作業。盡早結束工作，然後把畫寄回君枝家吧。再來，即使必須去那棟洋房，也絕不踏進讀書室一步。仿效孩提時期害怕這幅畫的慶介。

阿倍所收購的慶介畫作，似乎賣給了個人收藏家。我們久違地上街用餐。盛裝打扮的麻耶也歡快不已。八點離開餐廳，我把麻耶抱到車上，慶介說他和阿倍有約，我們便就此分別。

晚上十點半過後，他打手機聯絡我。情況明顯有異。

「抱歉。」慶介說。「我沒想到事情會變成這樣……」然後開始啜泣。是喝醉了嗎？我試著冷靜，心臟卻不如所願地在胸腔狂跳不已。我的本能立刻嗅出有不祥的事情要發生了。

「慶介？發生什麼事了？你在哪裡？我馬上去找你——」

他說他在阿倍的畫廊事務所。我沒去過，但記得地點在哪裡。我先去察看麻耶入睡的模樣，在熟睡的女兒額頭輕輕印上一吻。然後突然覺得維持至今的幸福，簡直是不可多得的奇蹟。

我披上外套，跳上車。阿倍的畫廊位於市中心的偏遠地帶。那是一間開在時髦大廈一樓的畫廊，當然已經拉下了鐵捲門。附近的大樓也差不多都熄了燈，馬路上闃寂無聲。我走上鐵捲門旁的樓梯，那裡就是他的事務所。沉重的玻璃門內，不知為何一片陰暗，只有牆邊的崁燈還亮著。慶介像個黑色團塊那樣，蹲坐在來客用的沙發上。我急忙奔向他的身邊。

「到底發生什麼事了——？」我將他的頭抱進懷裡後，慶介便像個小孩般顫抖著身體。我循著慶介畏怯的視線，看見地板上的物體後，差點大聲尖叫。有一個人躺在那裡。

「那是誰？」

「是阿倍。已經死了。是我殺的。」

啊啊，神啊——我低喃道。明明從未向神明祈求過。

「冷靜點。一五一十地告訴我，發生了什麼事？」

我嘴上這麼說，但身體也跟著慶介一起顫抖。年紀比我小的丈夫輕輕推開我，以陰鬱的眼神回望我。

阿倍收購須永畫家的畫作時，也把慶介扔在工作室的臨摹畫一併帶走了。須永的遺族也沒有怪罪他，因為年輕門生所畫的作品，根本一文不值。慶介本身也忘了這件事。據說阿倍把那些臨摹畫加上須永的簽名，賣給地方的畫迷。因為慶介的臨摹畫畫得維妙維肖，所以沒有鑑別能力的地方人士，立刻便信以為真了吧。

門生為了學習而臨摹時，原本就有改變尺寸描繪或不在畫上署名的規定。慶介當然也遵守了這個規矩。我身為繪畫修復師，見識過各式各樣的畫作，但是贗作這種東西只要看一眼就飄散著難以言喻的庸俗與卑劣感。隱約可見到想刻意模仿的意圖。然而單純的臨摹卻沒有那種感覺，阿倍就是反過來利用這一點。

我十分明白慶介聽到這種事情時，會有多麼震驚。對著忿忿不平的慶介，阿倍是這麼說的。自己之所以會購買慶介的畫、支持他，是為了感謝他的臨摹畫讓自己賺了大錢。從阿倍的口吻，可以聽出受騙上當的人不只一、兩個。慶介強烈抗議後，阿倍似乎還對他說：「要不是這樣，誰會買你的畫啊。你跟我們已經是同一條船上的人了。」

「我在不知不覺間，成了畫贗作的畫家。」

慶介嗚咽地說道。事實就是自己一直景仰的恩師，其名聲與尊嚴受到了損害，而自己還成了幫凶。

「所以我一時惱怒——等到我回過神時——」

我慢慢站起來，戰戰兢兢地靠近阿倍的屍體。沒有流血。看來是在扭打時將阿倍推倒，之後在失去理智的情況下掐死了對方。阿倍的身高並不高，不過體格健壯，也有啤酒肚。我探頭窺視他那張被崁燈隱約照射出的臉龐。

然後，這次我真的驚叫了起來。是那個男人。出現在繪畫的背景，站在荊棘叢中的男人——命運將我們捆綁在一起。

慶介像個幽魂一樣，搖搖晃晃地站起來，走向門口。

「你要去哪裡！」

「去自首。因為是我殺了他……」

「不行！不要去！」

這是陷阱。是那幅畫設下的，不對，是那棟洋房或是頂著古城的那座山設下的陷阱。怎麼可以讓這種事葬送慶介的未來，他那麼有才華。

我開來的車還停在樓梯下方。我催促慶介，兩個人合力將阿倍的屍體搬進了後車廂。沒有被人看見。慶介像失了魂般，對我言聽計從，他已經放棄思考。

我先回家一趟，從後院的倉庫拿出鏟子和藍色防水布。接著開車急馳了一個半小時左右，抵達某座以前去過的森林公園。直奔公園深處那一片漆黑的林中道路。那條路又窄又崎嶇，連我自己也搞不清楚到底是在往哪裡開。我在一處勉強能迴轉的狹小空地停下車子。我們用防水布把阿倍的屍體捲起來，運到樹叢裡。在那邊發現了一塊窪地，然後用鏟子挖掘窪地的底部。慶介和我一語不發地輪流進行著這可怕的作業。

掩埋好阿倍的屍體，終於回到家時，天空已經開始呈現魚肚白。我們精疲力盡地倒在麻耶旁邊的床上，抱在一起睡得不省人事。

警方對於阿倍突然消失得無影無蹤一事心生疑惑，開始著手調查。所幸沒有人知道慶介當晚跟阿倍有約。

我自認為已經小心謹慎地清除掉兩人在事務所中爭執的痕跡，但不知道警察在細心縝密調查的過程中，會發現什麼細微的證據。搞不好那附近的監視器有拍到了我的車，或是地方的畫迷發現阿倍賣給自己的是假畫，警方就因此循線查到慶介也說不定。

警察也多次造訪我們家，詢問案情。慶介勉強佯裝平靜，但還是明顯地顯露心虛。他以討厭外出，想好好創作為由，整天窩在工作室，實際上卻無所事事、魂不守舍。

在我的工作室裡，阿倍正從蒲生秀衛的畫作角落，以彷彿要將我射穿的凌厲眼神凝視著我。宛如從地底控訴著我們所犯下的可怕罪行。不能讓慶介看見這幅畫。不過，在那之前，我自己就已經承受不住死者的視線了。

終於在某一天，我用水果刀割破了畫，把畫布給割了個粉碎。

「妳說修復失敗了？」君枝在電話的另一頭發出驚訝聲。「所以，那幅畫變成什麼樣子了？」

「真的非常抱歉，我已經把它處理掉了。因為實在毀損得太過嚴重。」

我如此回答後，君枝無言以對。「怎麼了？阿姨。」她的背後響起由香里詢問的聲音。我就這麼放下了聽筒。感覺似乎可以看見在遙遠那一頭的城下洋房裡，由香里正在把擅自丟掉重要畫作的我給罵個狗血淋頭，以及婆婆抱持著不悅的心情聽她咒罵的畫面。不過，那些事情根本無關緊要。

如今占據著我的心的——是那個身穿淡紫色連身裙的女人。她究竟是誰？背後背負著把我的人生導向黑暗深淵的人們、大腿上躺著憑想像創造出來的三指動物的這個女人，到底是誰？總有一天，她肯定會突然出現在我面前。像是揮舞鐵槌般，朝犯下殺人重罪的我和慶介頭上，揮下決定性的人生轉機。

慶介終於提筆作畫。畫起了與過去所描繪的圖畫印象截然不同的作品。大多是風景畫，但並非是經由觀察實際的景色或照片所觸發的繪畫，而是類似他內心深處的心象風景。灰暗混濁的色調中，配置著廢墟、扭曲成奇妙形狀的植物，或是表情模糊的群眾。遠方有山丘、湖泊和森林，感覺很像秀衛畫中的背景圖。

我發現背景的山上都一定畫有看起來像是城池的白色建築物後，僵住了身體。慶介的精神可能出了什麼毛病。時間來到三月，他與朋友舉辦的雙人畫展開展了。他展出的作品幾乎都是那類的風景畫，令來看畫展的人一頭霧水。

君枝特地前來東京看畫展。自從我破壞了她委託我的畫作後，我們兩人的關係就降到了冰點，然而遠道而來的君枝卻隻字不提那件事。畫展結束後，她到我們家來送禮物給麻耶。因為她剛要過四歲生日。

君枝目不轉睛地望向慶介。果然瞞不過母親的雙眼，她已經發現慶介的狀態出現異常了。睿智的君枝並未問東問西，這代表她應該十分清楚自己兒子的個性，純真又軟弱，容易為一些芝麻小事而心靈受創。

「你們兩人去旅行一陣子怎麼樣？」君枝提議。「費用我來出。要長期待在溫泉勝地也行、去見見學生時代的朋友也行。再不然，乾脆去歐洲度個假也可以。這段時間，麻耶讓我來照顧就好。」

慶介不知所措地望著我的臉。自從我帶著他藏起阿倍的屍體後，他就無法獨自作主。我在腦海裡斟酌婆婆的這項提議，心想也好。反正我們的罪過已經不可能消失了，只能打破目前的現狀。

君枝見我答應，便鬆了一口氣似地說道：

「事不宜遲，明天就去旅行社吧。」然後把麻耶抱到懷裡。「妳就到奶奶家玩，讓爸爸和媽媽好好休息好嗎？」

麻耶擺出莫名成熟的表情，點了點頭。

這孩子——或許知道一切。

明知不可能，我還是冒出這樣的想法。我想她肯定具備洞悉本質的能力。

慶介懷抱著罪惡感，又憂心總有一天警察會追查到他頭上，快被心理壓力給壓垮了。在我們一起前往旅行社後，他的心情似乎有愉快了一些。結果，我們決定去巴黎和佛羅倫斯旅行兩個星期。

「不知道麻耶有沒有乖乖看家？」

「別擔心。她剛才還跟奶奶玩得很開心呢。」

「可是，不知道帶去媽家裡後會怎麼樣。她在那麼寬廣的房子裡，會不會感到寂寞？」

回程時，慶介在車上不斷地擔心麻耶。我留下稚女去旅行也是萬般不捨啊。但現在我想把丈夫擺在第一位，一心只想讓他再次畫出像以前那樣生氣勃勃、五彩繽紛的繪畫風格。畢竟我們為此跨越了不該跨越的那條線。

「用不著擔心啦。」我輕輕轉動方向盤，打算買麻耶愛吃的西點回家。「小孩子適應力很強。之前去奶奶家也很快就跟奶奶熟稔起來，在奶奶家也過得像在自己家一樣熟悉。」

而且讀書室裡已經沒有掛那幅可怕的畫了，我在心中如此呢喃。雖然很對不起君枝，但還好已經扔掉了那幅畫。

交通號誌轉成綠燈，我踩下油門，通過十字路口後，加快車速。車流順暢。一臺雙載的四百cc機車，從我們車子的右線超車，感覺像是要靠近中線後，卻突然右轉。一輛從對向車道駛來的白色賓士，急忙打了方向盤要閃避機車，就這麼越過中線車道，朝著我們的車迎面而來。我立刻踩下煞車，然而為時已晚。

賓士宛如慢動作般地傾斜撞了上來。輪胎發出慘叫般的尖銳聲。對方的駕駛座近在眼前。一名瞪大雙眼，全身僵硬的年輕女性臉龐直逼而來。一襲淡紫色的薄連身裙緊貼著她的身體。

「啊啊——」我發出呻吟。

是那個女人。那幅畫中的女人。秀衛所畫的神祕女人——

不知道慶介是否有發現？不過我無暇望向副駕駛座。劇烈的衝擊貫穿我的身體。安全氣囊有打開，但並沒有起到任何作用。因為被撞凹的車子前部已經陷入了我的體內。

麻耶——

我在逐漸模糊的意識中，呼喚女兒的名字。

誰來保護那孩子——

最後浮現的，是淡紫色連身裙女人所抱的奇妙生物。看到這個畫面的瞬間，我沒來由地安心了起來。

我慢慢沒入深不見底的黑暗中。

藪 之 中

藪 の 中

繭之中

巨大的銀杏樹接二連三地飄落金黃色的樹葉。落葉堆積在銀杏樹根旁的草地和人行道上。我大幅度地揮動竹掃帚，將落葉掃到一塊兒，但無論怎麼掃，還是趕不上葉子掉落的速度。明明沒有風，銀杏卻彷彿自己抖動著身軀般，持續飄下金色的落葉。

唰唰唰！唰唰唰！竹掃帚劃出半圓形，葉子又旋即落在掃帚劃過的軌跡上。真是白費功夫——

幾名女學生踩踏著落葉行走，甚至還差點踩到竹掃帚，卻看也沒看我一眼，只顧著談天。想必她們根本沒把我這個老清潔工放在眼裡吧。我停止掃地，拿起掛在腰間的手帕擦汗，一邊目送那幾個女孩的背影。隔壁的網球場響起單調的擊球聲與朝氣蓬勃的吆喝聲。

大學今天的課程好像結束了，校園內冒出許多學生。有人耳朵抵著手機，說話有如連珠砲似地經過；有人騎著自行車巧妙地穿梭在人群之中；有人坐在路旁的長椅上談天說笑。我揮動著竹掃帚，若無其事地觀察那些學生的臉。我用目光搜索，卻沒有找到那張熟悉的面孔。

兩名年約四十五歲的女性，手持清潔用具走出圖書館。一名肥胖臃腫；一名骨瘦如柴。

「水口先生，差不多該收工了吧？吃個點心再走吧。」

肥胖的女性向我攀談。我搖頭拒絕，做出微微嘟起下脣的動作離開。

整理完畢後，我經過休息區，看見收工的惠比壽清潔公司員工，坐在椅子上聊得正起勁。和我一樣來大學打掃的清潔工，幾乎都是兼職人員。惠比壽清潔公司承包市內的大廈、公共設施和學校等處的清潔工作，派遣兼職人員到那些設施打掃。我的手不知不覺撫上腹部。在胃部下方的大腸一帶有腫瘤，這是大腸被癌細胞侵襲的證據。

硬性胃癌——我來這座城市前去看的醫生如此診斷。

「只能動手術了吧。而且必須盡快。」

經過精密的檢查後，醫生如此說道。他說我胃的入口變窄變硬，形狀像皮囊一樣。硬性胃癌是一種胃癌的類型，癌細胞會沿著胃黏膜下層蔓延。症狀不明顯，等到產生噁心、疼痛等症狀時，癌細胞大多已侵犯整個胃部，變得硬邦邦，發展到無法切除的地步。醫生說明到這裡，勸我動手術切除，我沒辦法老實地遵從他的勸告。因為當時我已經出現噁心和疼痛的症狀。若非如此，沒有家人關心的我怎麼可能會來看醫生。

「醫生，如果不動手術，我還能活多久？」

我如此詢問後，醫生非常簡單地回答：

「這個嘛，大概半年——最多一年吧。」

像是聽見別人問他早上吃什麼一樣。大概沒想到我會拒絕動手術吧，畢竟攸關患者本人的性命。不過，那正是我所期望的。我聽完這句話後，立刻在醫生面前站了起來。

「我知道了，謝謝醫生。」

我朝醫生深深低頭道謝後，走出門診室。醫生和護理師目瞪口呆地目送我離去。搞不好以為我是要放棄這間中等規模的醫院，轉到更大間的醫院治療吧。想必其中也不乏有這樣的患者。

不過，從此以後，我再也沒有去看過醫生。腫瘤日漸變大變硬，現在就連我這個外行人也能輕易摸得出來。不只胃部，腫瘤甚至擴散到大腸，這就表示轉移到了腹膜。現在還能勉強繼續工作，但不久後就沒辦法了吧。

我已經接受自己將要死去的事實。但我害怕迎接死亡的過程。因為我沒保國民健康保險，所以我憂慮即使身體劇烈疼痛，也沒辦法拿到止痛藥。也擔心因為自己獨居的關係，會不會給陌生人添麻煩。

我想起住在隔壁的中年婦女。她與清潔公司的女性兼職人員一樣，身體堆積了過多的脂肪，感覺反應很遲鈍，難以說是機靈。她戴著助聽器，耳朵也不好。看來等我臥病在家後，也無法指望她三不五時地來照看我。

不過，我最害怕的是社福局之類的機構多管閒事，調查垂死（或已死）的我的身分。一想到這裡，唾液又湧上來，讓我輕輕打了個嗝。儘管我已服滿刑期，但我依然是個殺人犯。弒子的殺人犯——

我萬萬沒想到自己還會來到四國的這座城市。這裡不是我的出生地，我也不曾住過這裡，只是兒子就讀的大學位於此地罷了。而兒子的前妻和我孫女目前也在這座城市裡平靜地生活。

雖說自知死期將近，但我沒想到自己會採取這種行動。我竟然是個會去見唯一骨肉的重情之人——

我反而認為正是因為自己過去冷血無情，才能活到現在這把年紀。然而，那天離開醫院回到家時，腦海裡卻浮現出聳立在這座城市中央的城山。我並非是想見孫女，而是希望能和她住在同一個城市、然後在同一個城市死去。這座城市存在著某種東西，驅使我產生這樣的想法。

我兒子龍平在這裡的大學就讀時，我賦閒在家。別說撫養兒子了，我的身體千瘡百孔，甚至連自己的生活都難以自理。龍平依靠獎學金和打工，才勉強籌措出學費和生活費。

我家代代住在靜岡縣的燒津，當漁夫維生。我也從十七歲起就跟著人家去遠洋跑船。一年有八個月的時間坐船航行到太平洋、印度洋、大西洋，甚至是地中海追逐鮪魚，有時還會遇到生命危險。為了忘記嚴苛的勞動和長期離開家人的壓力，酒是不可欠缺的必需品。無論在海上還是陸地，我都盡情豪飲。每個漁夫都半斤八兩，早就染上了酒癮。

只是我的酒品非常差。喝超過一定的量後，便不分青紅皂白地胡亂發酒瘋。因為喝酒引發問題，我被警察抓過幾次，結果當然是被攆下了船。那時我三十八歲，獨生子龍平還在讀小學。

我過去一喝醉，偶爾會對妻兒動粗，但自從不跑船後，施暴行為就變成了家常便飯。大白天就喝得酩酊大醉，還毆打勸阻我的妻子。號啕大哭的龍平令人厭煩，所以我也會大聲斥責他。龍平天生纖細又脆弱，一點都不像漁師的小孩。這一點又令我更看不順眼了。

一喝醉就大吵大鬧，再喝醉又動手施暴。日子活像地獄一樣。妻子不久後便厭倦了我，拋下龍平、一個人離家出走。對當時的我而言，還是小學生的孩子就只是個累贅。妻子離開沒多久，我便因為大量吐血倒地不起，那時龍平跑去通知隔壁鄰居。

如果沒有那孩子，我肯定早已命喪黃泉。聽說我被救護車載走後，龍平便暈厥過去。因為在極度緊張的狀態下，精神已經無法負荷了。被母親拋棄，加上父親可能命在旦夕的恐懼，緊纏著他不放。

反觀我，一點也不管他的死活。肝臟因長期大量飲酒而損壞，這時慢性酒精性肝炎的狀況已經十分惡化。嚴重的肝臟腫大、黃疸、浮腫、腹水、吐血、血便等所有症狀，將我折磨得痛苦不堪。因為住院的期間拉長，我把龍平寄放在遠房親戚家。聽說龍平那孩子在遠親家表現得莫名乖巧又樂觀。

儘管身體搞成這副德性，我還是沒有徹底戒酒。我溜出醫院偷偷喝酒，結果被強制趕出醫院，之後又被抬進另一間醫院。

聽說當時已是國中生的龍平有偷偷來看我，但我記不得了。那段期間我正為了病房角落會湧出小蟲的幻覺所苦，那是一種戒斷症狀。我後來才聽說，當時的我會大喊：「小魔鬼來了！」十分畏懼自己的孩子。因為這件事，我參加了某間醫院所舉辦的院內戒酒研討會。因為我已經走到如果不依賴這類團體幫忙就走投無路的地步了。

基於遠房親戚家的善心，龍平得以繼續升學，就讀大學。我也好不容易戒酒成功，開始摸索將來該如何生活。只是覺得自己再也沒資格在龍平面前擺出一副父親的態度，所以我自顧自地認定與那孩子分開生活才是最好的選擇，並沒有去揣測龍平的內心。愚蠢的我根本無從得知，父親的存在在他的人生中留下了多大的陰影。

銀杏的樹葉全部掉光了。

新的一年到來。感覺腹部的腫瘤變得更硬了。不過，身體狀況倒是沒什麼改變。依然會感到噁心和疼痛，但感覺沒有比以前嚴重。硬要說的話，頂多只有食慾變差了吧。與其說是沒有食慾，倒不如說是討厭反胃的感受才不吃，還比較正確。

因為不吃東西，導致體力衰退，但還是勉強能繼續工作。醫生宣告的一年大限即將來臨，但我卻依然活在這個世上。我原本以為自己會死於肝癌，但諷刺的是，因為戒酒奏效的關係，肝臟狀況開始好轉。不過，死神似乎還是沒打算放過我。人生在世，欠的債總是要還的。

我推著單輪手推車，到每個校內隨處設置的圓形垃圾桶裡收垃圾。拉出裝著垃圾的業務用廢棄物專用黃色垃圾袋，再套上新的垃圾袋。

迎面走來四、五名並肩而行的女學生，我認出其中之一是未玖，便停下動作。像這樣每天在大學校內工作，頂多一週才能與未玖碰上一次。說是碰面，其實是我自己單方面看著她而已。未玖目前在父親的母校就讀。她經過我的身邊，發出活力充沛的笑聲。

「麻理子，妳說的是真的嗎？」

「真的啦。咦？未玖，難不成妳在懷疑我嗎？」

未玖的朋友如此回答，臉上頂著大濃妝，一點都不像學生。與氣質清純的未玖大相逕庭。她做夢也沒想到自己有個目不轉睛盯著她看的爺爺吧。這樣就好。我不想讓任何人知道，我在這裡以這種方式過活。

我反而對龍平來到八竿子打不著關係的地方都市上大學感到欣喜。我這個人渣父親根本幫不上他什麼忙。在龍平大學三年級時，我接到遠房親戚的聯絡，聽完內容後大吃一驚。聽說龍平因為失戀，成天買醉。好像是原本交往的高中生情人突然變心的樣子，這種事情在社會上也算是司空見慣了。

「那孩子或許就是在等待這樣的機會。」

把龍平當作親生孩子照顧的遠房女親戚，對我如此說道。這對沒有小孩命的夫妻是我的恩人，這十多年來，都是他們幫我照顧龍平的。

「什麼機會？」我好奇地詢問。

「崩潰的機會——」

「就像你一樣。」那名女性原本想這麼說，卻在快要脫口而出時嚥了回去。改為說道：「那孩子的心就像玻璃一樣。吸收一切的光線，卻非常脆弱。我覺得他總是用玻璃尖銳的那一方在傷害自己。」

我想起了在戒酒會上聽到的事。根據統計，親生父母染上酒癮的小孩，有百分之二十五的機率也會染上酒癮。除了遺傳的因素外，還加上環境要因。在染上酒癮的父母身邊成長的孩子，經常處於因飲酒問題而導致家庭關係緊張的情況下，因此學會了忍耐，也會因為極度恐懼被人討厭而假裝乖巧。這個性格的人稱之為小大人（Adult Children），不善自我表現，無法順利建立人際關係。

龍平正是這種類型的人。

我想試圖將兒子從這個惡性循環中給解救出來。至此終於湧起作為一個父親的正面情感。在龍平養父母的鼓勵下，我便去到四國想見龍平。我初次踏上的這片土地，是個宛如庭院式盆景般的小都市。

一座樹木繁茂的小山鑲嵌在都市中央。山頂城池的白色灰泥牆在藍天的襯托下格外顯目。有種都會建築物中混入突兀異物的奇妙感覺。

雖說是終日沉溺於酒精之中，但龍平過去幾乎滴酒不沾，因此身體還沒有損壞得太嚴重。

「每個人都失戀過啊。」

我只能說出這種俗套的話來安慰他，我不知道該怎麼跟自己的兒子相處。

據說龍平想論及婚嫁的那個女高中生劈腿，迷戀上她國中時期的恩師。之後，她就莫名其妙地失蹤了。是與恩師私奔了呢？還是一時興起從龍平面前消失？我沒有問得那麼仔細。這種人生中屢見不鮮的小挫折，龍平卻不曉得該怎麼去排解他的情緒。

突然失去戀人的龍平，只好藉由唾手可得的物品，也就是自己父親依賴的酒精來逃避。少女做的事確實惡劣，但我沒有資格責備她。她只是按下了開關而已。正如龍平的養母所指摘的那樣，龍平崩潰的根基是我一手建立起來的。

即使如此，龍平還是很老實地傾聽我反覆說著「至少大學要讀畢業」這種陳腐的話。「別學我。你父親是個窩囊廢。你可以更輕蔑我沒關係。」當我這麼說的時候，他卻露出十分受傷的表情。

龍平跟我約好了不再喝酒後，我便留下他，匆匆離開四國。老實說，我很害怕。我感覺自己的兒子化身成了一面鏡子，映照出醜陋的自己。對我而言，龍平依然是小魔鬼。感受到兒子即使淪落到這副德性，卻還是渴求父親，這件事也令我直打哆嗦。

龍平大學畢業後，回到了他生長的故鄉。他透過養父的人脈，在當地一間小型的廣告代理商工作後，我們也偶爾會見面，只是關係依然尷尬。即使要修復親子關係，但龍平已經長得太大了。所以當我聽到他要結婚的消息時，由衷鬆了一口氣。我想如此一來，他也不必再拘泥於我這個唯一的血親了吧。當時的我深信他肯定能跟新的家人相處得和樂融融。

嫁給龍平的藍子是他的大學同學，聽說兩人偶然在遠離四國的土地上不期而遇，因此相識相戀。沒有舉辦婚禮便結為夫婦的兩人，很快就生了一個孩子。那就是未玖。

我伸手撫上又開始不斷刺痛的腹部，目送未玖漸行漸遠的背影。我們分開時，未玖還只有一歲。正值開始會扶站、牙牙學語，是最可愛的時期。所以應該不可能記得我這個爺爺吧。我想，她大概也不記得自己的父親。

自從醫生宣告我罹患癌症之後，我立刻想起了藍子和未玖。算了算未玖的年紀，也該上大學了。我知道龍平死後，兩人就回到藍子的娘家生活。

我只求在龍平生活四年、孫女現在的居所，這座有著城山的城市裡死去，做夢也沒想到要去見未玖。不過移住到這裡後，聽說我在人才招募雜誌上找到的清潔公司也會派遣清潔工去龍平和藍子的母校打掃，我便隱約猜想未玖可能會跟她的父母上同一所大學。

結果，果然不出我所料。

清潔公司如我所願，派遣我去大學打掃。於是我發現了未玖，那是在校園裡吵吵嚷嚷歡迎新生的那個月過後。我在颳著強風，塵土飛揚的校園裡看見未玖，她的臉上露出與她母親一模一樣的恬靜笑容。從朋友呼喚她的聲音，以及未玖隨便扔在長椅上的筆記本之類的冊子上所寫的名字，我確定她就是對我而言無可取代的親人。她與讀經濟系的龍平不同，在人文學系讀英國文學。

我感謝上蒼賜給我這個好運。

即便對方沒有察覺到，但竟然能在死前與我最愛的孫女度過餘生，這是何等地幸福啊。我也想偷偷看藍子一眼，但這樣實在是太恬不知恥了。只要藍子和未玖在這座城市過得幸福，我就該心滿意足了。

未玖一無所知地經過。我壓抑住自己想輕撫她臉頰的欲望，度過了那個冬天。慶幸的是，我的胃癌維持在穩定的狀態。但也只是症狀安定而已，癌細胞應該正以飛快的速度不斷增殖。這一點如實表現在食慾上，我吃得更少了，身體也開始使不上力。

我在這座城市選住的是一棟破舊的分租式長屋，它就位於城山的山腳下，離大學也很近。屋子裡隔成四疊半和六疊大小的房間。四疊半大小的房間附有小水槽，這裡也兼當廚房使用。另外還有廁所和壁櫥，但沒有浴室，所以只能去澡堂洗澡。現在就連學生也不會找這種地方來住了吧。

不知是否因為長屋的南側鄰近城山的關係，光線陰暗、環境也很潮濕。榻榻米吸收了濕氣，變得凹凸不平的。濕氣都從地板下一路攀爬上來。我以前因為電燈閃爍不停的關係，曾掀開壁櫥上方的天花板，鑽進天花板裡面檢查配線的狀況。那裡反而十分乾燥，待起來非常舒適。由於建工粗糙，這房子好像在某些地方出現空隙的樣子，能感覺到空氣在流動。

「你的身體肯定有毛病，不去看醫生不行啦。」

房東森岡先生如此說道，還給了我幾瓶試喝的健康飲料。他在附近的大馬路上經營藥局，一邊照顧行動不便的太太，吃了不少苦。因為我們年紀相仿，偶爾會站著閒聊幾句。除了同事以外，他也是願意開口跟我攀談的珍貴之人。

「我打算不久後把這房子拆了，蓋一棟新家，搬來這裡住。」森岡先生說。他似乎計畫將藥局讓給在都市一樣是當藥劑師的兒子經營。我只是默默聆聽，當森岡先生執行那項計畫時，我恐怕已經撒手人寰了吧。

我現在最害怕的是無法繼續工作。我明知時間有限，還是想盡可能將未玖漫步校園、與朋友歡笑、一個人佇足在噴水池旁的身影留在視野裡久一點。

而且從那年冬末開始，我便看見未玖與一名同齡男學生兩人走在一起的畫面。我本來認為何時離開人世都死而無憾，但現在又現實地想要活得久一點，見證這兩人的愛情開花結果。冒出這個念頭後，原本彷彿就要熄滅的蒼白生命之火，火勢好像突然變大了，我的身體狀況又逐漸好轉。

龍平結婚後，我幾乎沒有到他們家走動。我樂觀地心想，他已經找到一個代替我關心、照顧他的人，我也沒必要再去叨擾了吧。我戒了酒，擺脫醫院後，以臨時僱用或短期打工的形式，輾轉遊走各個小企業。

然而，龍平內心的黑暗深不可測。正如他養母所指摘的一樣，他天生就會因為一點芝麻小事而潰堤崩潰。無法順利建構人際關係，有小大人症候群的他，在公司裡硬撐得非常辛苦。就連結婚，或許對龍平來說根本也不算救贖，反而是痛苦的修行也說不定。總之，自從大學失戀以來，龍平就酒不離身。但我卻沒有留意到這件事。

未玖出生不久後，我也下定極大的決心，包了一些禮金，前去看看孫女的臉。出來迎接我的藍子臉色卻很暗淡。

模樣真憔悴啊。

孩子才剛出生，龍平卻早在三個月前就辭掉了廣告代理商的工作，他在那間公司才工作沒幾年而已。然後就染上了非常嚴重的酒癮。放任鬍子亂長，以混濁的眼睛仰望我的龍平，簡直就是過去的我。

是因為我逃避了嗎？

當初我是否該強迫自己面對龍平，修補我們之間的關係呢？我不該把一切都推給宛如救世主般出現的藍子？我不知道答案。即便到了現在，對於這些問題我依然回答不上來。

「我不知道自己該怎麼辦才好。」待酒精退去，頭腦難得清醒的時候，龍平便如此說道。「感覺在這個家裡與藍子生活，抱起未玖的自己像是在演一齣滑稽的戲一樣。」

打從一開始我就對這個新組成的家庭感到有哪裡不對勁。但我並不是對藍子有什麼不滿，這個問題恐怕是跟誰結婚都一樣吧。總之，我靜不下心來。很奇怪吧？在自己的家裡竟然沒辦法平靜。未玖出生時，我竟然渾身顫抖呢。覺得自己終究無法成為一個孩子的父親。

聽著龍平吐出的話語，我突然感到眼前一黑，膝蓋顫抖個不停，無法站立。龍平的說明聽在別人耳裡應該支離破碎的，卻字字滲透進我的心裡，宛如陰鬱的天空落下的黑雨。如同我畏懼年幼時的龍平一樣，他也害怕繼承自己血脈的女兒。

「爸爸拋棄了我，對吧？」

喝醉時的龍平，像個孩子般這麼說著，流淚哭泣。

就算當時否定一百萬遍，也無法撫慰龍平的心靈吧。不過，光憑這一句話，我便明白自那之後的悠長歲月，他一直在波濤洶湧的沙洲上建造名為家庭的沙樓。龍平仰賴記憶所建造的沙之城，一蓋好便被海浪給沖走了。

這孩子——我發出絕望的呻吟。這孩子在母親離家、父親生命垂危被抬進救護車的那時開始，就一直暈厥，從未清醒過來了。他一直無法長大。把這孩子養成這種有如矮性植物般的人的，無非是我這個父親。我回顧自己因酒精而墮落的人生。擔心龍平會不會也重蹈我的覆轍，被老婆拋棄。是否會將無處宣洩的痛苦怒氣累積於體內，過著人不人、鬼不鬼的生活。

如此一來，未玖怎麼辦？

儘管苦惱，我還是無法拯救龍平一家人。因為龍平已經走到無可挽救的地步了。他在大學時期沉溺酒精時，甚至學會訴諸暴力來維持心靈的平衡。他親口告訴我，當他的高中生情人變心時，他動手把對方揍個半死。我的喉嚨深處不斷地溢出酸塊。

因酒精而無法控制自己的龍平，也對藍子做出同樣的舉動。接下來勢必會對未玖動手吧。我彷彿在看倒帶中的影片。兒子直接複製父親走過的老路，慢慢傾向毀滅的人生，在我眼前繼續播放。

不過，龍平選擇了有別於我的道路。一條更糟糕的道路——

某天半夜，我接到了藍子打來的電話。那是一個下著傾盆大雨的夜晚。

「阿龍他——」藍子沒再說下去。我好不容易才問出龍平被救護車送到醫院這件事。我對照自己的經驗，以為他吐血了，急忙趕到醫院。不過，擺在眼前的事實卻十分殘酷。原來龍平企圖自殺。

據說藍子發現龍平在寢室上吊，立刻割斷脖子上的繩索，把人給救下來。因為發現得早，龍平保住了性命，但是失去了意識。儘管醫院立刻進行搶救，龍平依舊沒有恢復自主呼吸，被裝上了人工呼吸器。我啞然無言，在病床邊俯看我的孩子。安靜的病房中，只有人工呼吸器規律的聲音在響徹。不知為何，龍平的表情十分平靜。這傢伙親自殺了自己，終於脫離苦海了嗎？

託鄰居照顧未玖的藍子，一副茫然自失的樣子。

「其實——阿龍根本不想和我結婚。」藍子全身還在不停顫抖。「我提出要結婚時，他很害怕。是我堅持一定要結婚的。因為我當時——很喜歡阿龍。」

「不是這樣。」我打斷藍子的話。「不是這樣的。妳沒有錯，錯的是我。這傢伙只能這麼做，別無他法——」我硬擠出最後一句話。

龍平就在植物人狀態下，繼續存活著。藍子的父母從四國遠道而來。為了不讓他們擔心，藍子並沒有將過去的原委告訴兩人。因此兩人得知一切後也十分震驚。這也難怪，聽見女兒被染上酒癮的丈夫家暴，兩人當然惱怒至極。她的父親表示用不著看顧這種男人，往後藍子和未玖他們自己會照料。

我答應他們提出的意見。根據醫生的說法，龍平恢復意識的機率無庸置疑地接近於零。還說必須做好心理準備，他可能一輩子都只能像這樣存活下去。為了她們的將來著想，我希望藍子母女倆回到四國，重建新的人生。龍平的人生，我打算奉陪到底。這是老天留給我的唯一職責。

然而，藍子卻固執地不肯聽勸。她把父母趕回去後，依然陪在龍平的身邊照顧他。對閉著雙眼的丈夫說話、幫他按摩身體。藍子把未玖揹在背後，每天往返醫院。不過，正如醫生所說，龍平並未顯示出任何反應，只是靠機器在維持生命。絕望與後悔將藍子折磨得不成人形。整個人瘦骨嶙峋，甚至停止分泌母乳。短短一個月，便像是老了十歲那樣。

一開始的醫療費是藍子領取自己的存款支付的，但錢遲早會花光吧。一切都意味著毀滅。

我俯視著變成活死人的兒子，下定了決心。龍平也希望死去吧。以這副模樣苟延殘喘，有違他的本意吧。最重要的是，必須讓藍子和未玖從這個地獄裡解脫。

於是我趁藍子不在的時候，切斷了人工呼吸器的管子。我想，龍平並沒有感受到痛苦，或許是連痛苦都已經表達不出來了吧。即使他斷了氣，我依然一動也不動地繼續坐在床頭旁。藍子回來後，看見公公所做的事，不禁倒抽了一口氣。但她這次也接受了丈夫的死亡。

她走向我，從口袋裡拿出了什麼東西。一個冰冷的小東西被塞進了我的手中，仔細一看，是一枚褐色的二便士硬幣。我想起這是很久以前，我還在鮪魚漁船跑船的時候，在途經英國時拿到的東西。我將它送給了年幼的龍平。這記憶實在是太久遠了。

「這是阿龍的寶貝，他一直很珍惜。」

我緊握著這枚二便士硬幣，哭了出來。聽見咆哮般的哭泣聲，護理師衝進了病房。我在前往警局自首前，低頭向藍子說，很抱歉讓她受苦了，同時也拜託她別再跟我聯絡，因為我們已經沒有任何關係了。法院酌情量刑，判了我四年刑期。就只有四年。我毀掉了孩子的人生，最後還奪走他的性命，實在是判得太輕了。

我聽說藍子帶著未玖回到她的娘家四國。那座有著城山的古老城市——

我是在春天再次來臨的大學校園內，發現那隻蟲的。

當我一如往常地拔除中庭草皮上的雜草時，發現某棵樹的樹枝上停著一隻巨大的幼蟲。那是長度有七、八公分這麼大的毛蟲，顏色是鮮豔的黃綠色。身體約分成九節，側邊有一條白線。每一節的背後都有突起物，長著黑色的毛。

我盯著那隻美麗的蟲看得入迷。我想大概是天蠶蛾的一種幼蟲吧。那傢伙對離得很近、屏息凝視牠的我毫不理會，自顧自地拼命吃著那棵樹的樹葉。仔細一瞧，那棵灌木下面的葉子都被牠吃光了。牠的食慾旺盛得令現在的我好生羨慕。

隔天，那隻蟲依然在同一棵樹上。那棵樹好像是鳥糞帶來的種子發芽所長出來的，是不太常見的野生樹木。照牠這個速度，大概再過兩、三天就會把這棵樹的樹葉全都吃光了吧。我一時心血來潮，折斷那隻蟲攀附的樹枝，把牠帶回家。

我把那隻蟲放進家裡一個較大的紙箱，把折來的樹枝也擺進去。把牠帶回來時，我原本打算直接帶去城山野放。城山上生長著各式各樣的樹，我想牠應該會自己移動到喜歡的樹葉上吧。無奈幼蟲的動作非常緩慢，即便用上身體下方成排的短腳，行動範圍依然有限。

我在這個階段已經幾乎什麼都吞不下了，便祕和腹瀉的情況反覆出現。至今手下留情的癌細胞，又開始在體內發動侵略。

我不明白自己為什麼對那隻蟲如此執著。我在校園內四處遊走，但是並未發現同樣種類的樹木。我得幫牠找到新的樹葉，否則那隻幼蟲會餓死的。於是我便爬上城山。想要往上爬，但雙腳卻不聽使喚。上氣不接下氣，實在喘得要命。不過，當我爬到約三分之一的地方時，就在森林裡發現了和那棵樹相同的樹葉。我用修枝剪剪下樹枝，能帶多少就剪多少回家。

我把呈現鋸齒狀的深綠色樹葉放入紙箱後，幼蟲便立刻攀了上去，搖擺著頭部，靈巧地動著口器，在葉子上開洞。我凝視著這個畫面，一點兒都看不膩。採回家的樹葉只能撐三天左右，所以我又彎著老腰，走走停停地爬到長有那種灌木群落的場所。然後，剪了比之前更多的樹枝。

由於我使不上力氣，便拖著那些樹枝回家，結果鄰居那個姓戶川的中年婦女問我：「你在做什麼？」她的表情十分納悶。這也難怪。畢竟我這個骨瘦如柴的老人，竟然拖著這些樹枝走路。

「沒什麼，就是拿來餵蟲。」

「蟲？」

戶川一副覺得噁心似地皺起眉頭。

雖然我腹部的腫瘤沒有再變大，但現在就連背部都開始發疼。我把手擱在腹部，躺在榻榻米上時，耳邊傳來發揮旺盛食慾的幼蟲啃食葉子的沙沙聲。不絕於耳的這道聲音，促使我慢慢坐起身子，接著探頭窺視紙箱內。只見幼蟲正熱烈地動著口器。

我凝視了一會兒後，將手伸向樹葉，摘下一片葉子，舉到眼前。雖然很像紫蘇葉，不過它的葉片更厚、葉脈更清晰，但是沒有紫蘇那樣的氣味。我將葉片放入口中，咀嚼嚥下。我只要一吃東西就胃痛，還會強烈反胃，但這次卻沒有那樣的跡象。葉子順暢地流進胃裡。於是我又放了一片葉子進口中。聽著紙箱中傳出的沙沙聲，我不斷地將葉子送往嘴裡。

其他東西我都嚥不下去，只有這葉子，再多都吃得下。我嘆了一口氣。為了幼蟲和自己，我持續爬上城山採收樹葉，漸漸踏進了森林的深處。慶幸的是，森林裡有許多那種不知名的灌木。

幼蟲胖得圓嘟嘟的。自從開始吃那種樹葉後，我也感覺自己的體力正在慢慢恢復。腹部的腫瘤依然是老樣子，但疼痛卻逐漸緩和下來。那深綠色的樹葉，對我而言是純淨的食物。我像幼蟲啃食葉子般，大口大口地將葉子塞進嘴裡。是不覺得好吃啦，但我確實感受到它維持了自己的生命。

我到大學的圖書館想查詢這種幼蟲。書上刊載了類似的蝴蝶和蛾的幼蟲，但卻找不到一模一樣的。書上出現了顯示天蠶蛾幼蟲體內的彩圖。體內的絕大部分是由消化管所構成的，而消化管則會吸收幼蟲吃下的樹葉。背部有一條筆直的背脈管通過，背脈管負責輸送體液；而腹側的中央，則有吐絲的絹絲腺。我將手移到腹部的腫瘤。如果我是毛蟲的話，這一帶應該就有絹絲腺才對。

雖不到康復，但我的體力已經恢復到能夠度過我原本的生活。相反的，未玖卻開始鬱鬱寡歡。她並沒有和之前提到的那個戀人分手，兩人通常都待在一起。但儘管待在她男友的身邊，未玖卻依然愁眉苦臉的。我無從得知她發生了什麼事，只是為她焦急操心。

我過去從來沒做過這種事，但這次我決定尾隨兩人。令人吃驚的是，未玖男友所住的單間公寓，竟然就在我的住處附近。那個男人住在還相當新的三層公寓的一樓。

我從信箱的名牌得知那個男人姓藤本，但除此之外我也無能為力。龍平死後，我的人生毫無意義。唯有藍子和未玖現在過著幸福的日子，才能證明我當時的所作所為是正確的。所以，我無論如何都必須讓未玖過得幸福。

春意轉濃時，我明白了未玖憂鬱的理由。我看見即使豔陽高照、卻依然穿著長袖的未玖，捲起袖子獨自洗手的畫面。當我發現她白皙的手臂上有著顯眼的紫色瘀青時，一股似曾相識的感覺湧上心頭。十九年前，藍子身上浮現無數的擦傷和瘀青——龍平刻下的恐怖印記。

藤本的公寓後方，有喬木和灌木組合而成的漂亮植栽。當太陽完全隱沒、黑暗籠罩大地時，我走出三戶分租長屋的住處，潛藏在那個樹叢中。雖然未玖未必每天都會來，但我還是很有毅力地持續這樣的行動。有時未玖來找藤本，兩人會一起做晚餐，談天說笑；有時也會傳來輕聲的枕邊蜜語。不過，不到一個星期，我的憂慮化為真切的形態出現。

為了通風而開了一條縫隙的窗戶內側，響起藤本壓低的低沉嗓音，隨後被未玖安撫般的聲音覆蓋過去。「咚沙」一聲，像是有什麼東西撞到地板後，響起未玖短促的叫聲。一道男聲斥責未玖。我慢慢走出樹叢，靠近窗戶。

又是似曾相識的感覺。眼神發直的男人，任意毆打無力反抗的女人的畫面。我默默地流下了眼淚。我現在才發現過去在藍子身上所感受到的薄幸影子，也纏繞在未玖的身上。這對母女背負的悲哀命運與其根源，全都來自於我的絕望感。

我連滾帶爬地回家後，又吃起那堆綠葉。分不清是口水還是胃液的液體，隨著嗚咽一起吐出。我下巴纏繞著那黏稠的液體，往紙箱內一看，發現幼蟲在箱子角落一動也不動，正準備做繭蛹化。

幼蟲停止啃食葉子，開始吐絲。從位於口器旁的吐絲管吐出美麗閃亮的細絲。起初，牠在樹枝間吐絲穩固立腳之處後，以8字形轉動著頭部，製作狀似米袋的繭。我目不轉睛地盯著那天然的造型，然後繼續吃著樹葉。大約要花兩個星期才能破繭化蛾。這段期間，我依然監視著藤本和未玖，也為了自己、前往城山採來樹枝。吃下那些樹葉後，我的身體充滿了力量。

藤本的暴力日漸加劇。未玖似乎也已經失去抵抗、向人求救的精力。有時哭也不哭，任由藤本為所欲為。過去在藍子身上所看見的那種隱藏自我人格、自暴自棄的情形也在她身上出現。臉部扭曲地折磨完未玖後，藤本自己也茫然自失地癱坐在地。我目睹過好幾次兩人的空殼在漆黑的房間裡分開，蹲坐在地的畫面。

回到家後，繭的一部分已破裂。成蟲從尾部釋放出茶褐色的液體溶解繭，破繭而出。成蟲的全身覆蓋著白毛，我從未見過如此美麗的蛾。除了前翅與後翅帶有薄褐色的眼狀紋外，全部都是純白色，後翅有長長的尾狀突起。據說在天蠶蛾科中，稱這種巨大且優美的蛾為皇帝蛾，確實頗有帝王的風範。

深夜，那隻成蟲開始振翅，在房間裡飛舞。牠在日光燈周圍飛來飛去後，落在仰望巨大影子的我身上。我關掉房間的電燈，輕輕打開窗戶，蛾便飛向沁涼的黑夜中。白色的軀體在黑暗中依然暫時可見，不久後，就朝著城山的方向，逐漸消失了蹤影。

照顧蟲只花了短短的一個月左右。不過當牠離去時，我認為那是非常明顯的契機。放走蛾的隔天，我又造訪藤本的公寓。最近，藤本幾乎每天都對未玖施暴。為何藍子都沒有察覺女兒的身心變化呢？想必是未玖拚了命地隱瞞母親到底吧。因為那個卑劣的男人，唯獨沒有揍她的臉。

當窗戶傳來那些聲音——男人的低吟聲、未玖單薄的肉體承受著無謂暴力的聲音、未玖的啜泣聲、小物品損壞的聲音——時，我毫不猶豫地衝出樹叢，從外面一把拉開窗戶，跨進室內。

藤本背對窗戶，正在對倒在地板上縮著身軀的未玖猛踹。都已經這副模樣了，但未玖還是比他更早發現我。我們四目相交後，未玖吃驚地瞪大雙眼。那表情又像極了藍子。

藤本一轉過頭便說：「你這傢伙是怎樣啊！」他的聲音與自己正在實行的行為相反，慌亂又怯懦。藤本雖然消瘦苗條，個頭卻很高。在他面向我調整姿勢前，我用手上的毛巾圍住藤本的脖子。然後將毛巾往自己的方向拉，用力勒緊。藤本的嘴裡吐出「咕呃！」的聲音。

「翔太！」

未玖坐起身子出聲叫喚，但我依然沒有放鬆力量。我感謝上蒼，因為吃下那些樹葉讓我又湧現了力量。只要賜予我絞殺一個人的力量，我可以放棄呼吸的力氣。就這樣，我背對藤本，持續拉緊繞過自己肩膀的毛巾。要戰勝體格的差距，我只想到背對背勒繩的「揹地藏」方式。

就在這時——

「喀！」的一聲巨響。我受到強烈的衝擊，倒在地上。我並未感到疼痛。在朦朧的意識與視野中，我看見未玖將手上沉重的水晶花瓶扔到地板上。花瓶在我身旁摔得粉碎。藤本猛咳，作勢嘔吐。我聽著那些聲音，慢慢地閉上了雙眼。

我大概只有失去幾分鐘、或許是數十秒的意識。儘管恢復意識，我卻睜不開眼睛，身體也無法動彈。未玖不斷關心藤本，看來他並沒有受到什麼傷害。不久後，兩人就將注意力轉到我身上。

「那個人死了嗎？」

「沒有，還在呼吸。」

「可是他在流血。」未玖似乎在發抖。「你認識他嗎？」

「嗯，在大學看過。是清潔工吧。」

就只差那麼一點。為什麼未玖要救這個男人？這種毆打女人的渣男。

「喂，妳沒事吧？未玖。」

藤本好像緊抱住未玖。響起未玖含糊的聲音。

「太好了，翔太。幸好你沒有被殺。如果失去你，我根本活不下去。」

「嗯，我知道。」

未玖發出啜泣聲。

「抱歉，未玖。我不會再打妳了，所以——」

那是騙人的。藤本過去凌虐完未玖、再回過神後，不也說過無數次這種話嗎？不過，現在我連一根手指都動不了。

「翔太，你保證喔。絕對不要離開我。不要留下我一個人孤孤單單的。」

「嗯，別擔心。我不會那麼做。」

「我討厭一個人，怕得要死。好寂寞、好寂寞……媽媽就是因為這樣才死掉的。因為爸爸死掉，變成孤零零的一個人。」

我感覺有個冰冷無比的硬塊落在我身上，使我的身體陷入堅硬的地板。

「嗯，我之前有聽說。妳媽是自殺的。跟著你爸走了。」

藤本的聲音繼續響起。我的身體一動也不動地不斷往下沉。

「抱歉，是我不好。」

「所以我不是說了嗎？我只剩下翔太你一個人了。」

我放聲痛哭。然而，嘴唇只有微微一動。

我自以為救了這對母女，結果不過是我自以為是罷了。

藍子——很寂寞嗎？還是對變幻無常的悲慘命運感到精疲力盡了呢？

「要怎麼處理這個人？報警嗎？」

「不——」藤本似乎在我身邊思考了一下。「我知道這老頭住哪。我之前看過他從這附近的房子走出來。」

兩人的聲音遠離。感覺像是正打開門向外頭窺看。看來，他決定把我帶回家。是對大學的老清潔工突然從窗戶闖進來而感到困惑嗎？還是怕報警處理後，會連帶曝光自己對未玖施暴的事實呢？

「喂，未玖。把這傢伙移到我背上。現在附近沒人。」

「可是……」

「快點啦！要是被人發現這個老頭在我家，事情就麻煩了。只要把他扔到他家前面，他自己就會想辦法吧。又沒受什麼傷。」

未玖似乎終於下定決心，繞到我的後方，支撐起我的身體。每次在大學校園裡看見未玖時，都希望能觸碰一下的孫女，如今緊貼著我，使勁地把我抬起來，放到藤本的背上。

夜晚冷涼的空氣包圍著我。這裡距離我家只要數分鐘的路程。削瘦的我，腹部壓在藤本的背部。揹著我毫不費力的藤本，快步在路上前進著。我的腹部配合他富有節奏的腳步，時而緊貼又時而離開他的背部。腹部的腫瘤滾動掙扎，令我有點想吐。

「就是這裡。」

「怎麼辦？」

未玖似乎把手放在拉門上。我本來就沒有鎖門。

「啊，門開著。」

「噓！」

響起慢慢拉開拉門的聲音。我就這樣被扔在玄關口的地板上。

「走吧。」

「這個人不要緊吧？」

未玖的聲音在顫抖。藤本硬是把未玖帶了出去。拉門再次被關上。

一片寂靜──

明明位於城市的中心地帶，這個所有的聲音都被山丘和森林給吸收的場所卻顯得十分安靜。

十九年前，我親手殺死了自己的兒子。我當時認為那是拯救這對母女最好的方法，也認為只有我才有資格動手。然而，藍子老早就斷絕了自己的性命，獨留下來的未玖，選擇了和爺爺、父親一樣會對伴侶施暴的男人。我為了藍子和未玖的幸福大義滅親，失去了意義。

我不想再待在這個世界了。不想呼吸、進食、與人扯上關係。

我用盡吃奶的力氣翻過身，爬到裡面六疊大的房間後，就頭昏腦脹了。我拉開壁櫥的拉門。腹部的腫瘤又開始滾動，苦澀的液體也湧上喉頭。我想盡辦法抬高自己的身體，爬進壁櫥的上層。掀開被切割成四角形的天花板。

我把頭伸進天花板裡，終於忍不住從嘴裡吐出不明的液體。液體脫離嘴巴接觸到空氣後，便化為細絲，纏繞住天花板內側和我的身體。我依靠那富有黏性的細絲，爬上天花板。那裡乾燥、溫度適宜又有風，非常舒服。我到達呈現三角形的天花板內側空間的角落後，內心終於感到安穩且滿足。腹部的腫瘤頻繁地動來動去，促使我從嘴裡吐出透明的絲線。

原來這個腫瘤並不是癌，而是我的絹絲腺。

我模仿那隻天蠶蛾的幼蟲，不斷吐絲。那些絲溫柔地纏繞在一起，不久便包裹住我的身體。

我在結繭。繭隔絕了我和外面的世界。

不過，我應該不會像天蠶蛾那樣破繭而出吧。

我終於察覺。

待在繭中這種封閉的世界，是多麼幸福的一件事啊。

我的朋友

ぼくの友たち

我的朋友

「田尾老師！」

我抬起頭，四處張望。頭上降下嗤嗤的竊笑聲。

「老師，你在做什麼？」

從窗戶探出頭來的，是千穗和郁夫。

「我等一下啊，要更換花壇的土喔。」

我如此回答，手持鏟子使勁。我既不是教師，也不是幼保人員，只是個臨時職員，但對「若鮎園」的小朋友們來說，一律是「老師」。分派來這所育幼院時日尚淺的我，還不習慣這個稱呼。

今年春天，我靠父親的人脈，好不容易被縣政府聘為臨時職員。從大阪的大學畢業後，有段時間我在一家製藥公司當業務員，但是受不了繁重的工作量與醫療關係者交際的派頭太大，幹了一年五個月便辭職了。我轉個念頭，心想反正自己不適合大都會，乾脆返回家鄉。

這裡不用喝酒、打高爾夫應酬，也不需無酬加班。剛開始不知道該怎麼跟小朋友相處，習慣了之後倒也沒什麼。父親說只要撐過兩年臨時錄用期，應該又會把我調到其他職場去，但我現在還挺滿意在城山西麓的這間若鮎園裡工作的。

我挖出鬱金香的球根，在界石上擺放成一排。取出花壇的土並過篩。清除掉取出球根後殘留的根和小石子，混入園藝店買來的赤玉土。從城山林間吹來的風輕撫過我汗涔涔的額頭，十分舒爽。

千穗和郁夫不知在什麼時候從二樓跑下來，目不轉睛地盯著我把土放回花壇。看我在花壇裡撒起消石灰後，他們表示也想撒撒看。我打開消石灰的袋子，他們便將小手伸進去，抓起些許白色粉末，撒在土上。

「老師，你這次要種什麼？」

「這個嘛，要種什麼好呢？」

聰慧的千穗接二連三地說出一堆花名，郁夫則是在一旁微笑。

今年就讀當地小學的，包含這兩個人在內總共有五人。揹著扶輪社捐贈的全新雙肩書包，朝氣蓬勃地上學去。

「小郁，要這樣做啦。這樣。」

千穗教郁夫怎麼把撒落的消石灰混入土中；郁夫拚命地模仿千穗的手勢。郁夫是唐氏症寶寶，在學校上的是特教班。

大門那邊突然熱鬧了起來，高年級的孩子一個接一個地回來。有幾個原本拿著玩具在玩耍的小朋友朝他們飛奔過去。也有一些孩子是兄弟姊妹一起來到這間育幼院的。郁夫從花壇抬起頭，指著某個東西說道：「那……那個！」注意力被大門那頭吸引的我和千穗，望向他指的方向後，就看見一隻灰貓趴在泥磚牆下。

「是貓咪！」千穗大聲吶喊。貓顫抖了一下身子，但沒有逃跑。

「啊，是那隻貓啊。」

戴著黃色項圈的貓從四、五天前就在育幼院的四周徘徊。似乎在若鮎園和城山之間來來去去。是走失的小貓嗎？牠的警戒心很強，不肯親近人類。千穗僵住身體，只移動眼珠，輕聲呼喚一名正要走進園舍的瘦巴巴男孩。

「阿顯，你去把貓咪抓來。」

被叫住的五年級生阿顯，脫下書包，放在玄關的踏板上，走向我們。他繞到花壇的另一側，停頓了一下。悄悄地把重心往下移，朝貓伸出一隻手。他溫柔地動了動指尖後，貓便像是被吸引似地慢慢站起來，維持低姿勢，一步一步地靠近阿顯。那動作宛如小心翼翼的野生貓科動物。

阿顯耐心十足地等貓走向他。不久後，灰貓將鼻尖蹭上阿顯的指尖，直接低下頭，用後頸摩擦阿顯的手掌。阿顯用一隻手撫摸貓的背部，片刻過後，一把抱起貓咪。

「阿顯，你好厲害喔！」

千穗在花壇柔軟的土上留下足跡，奔向阿顯和貓咪。戰戰兢兢地撫摸阿顯懷中那瞇起眼睛的貓的頭。

「真不愧是阿顯。」

在一旁看熱鬧的孩子們，像是魔法解除一樣，恢復各自的動作。森岡老師就站在其中。阿顯把貓給郁夫抱，郁夫得意洋洋地望向這裡。

「這是哪裡來的貓啊?飼主肯定在找牠吧。」

年約五十的森岡老師，是資深的幼保人員。森岡老師走向阿顯等人的身邊。貓咪已完全放鬆，郁夫把牠放到水泥地上，牠便肚子朝上仰躺著伸展四肢。

「牠……牠是不是肚……肚子餓了?」

阿顯仰望森岡老師說道。

「餵牠喝牛奶看看吧?」聽見森岡老師說的話，「我去拿!」千穗立刻拔腿就跑。

貓專心一意地喝著倒進盤子裡的牛奶。灰底黑條紋的毛色。我對貓不熟，但應該不是寵物店裡賣的那種價格昂貴的貓。如此判斷後，突然覺得牠喝牛奶的姿態莫名地優雅。森岡老師發現牠背上有塊跟毛色不同的褐色汙漬。

「哎呀，這不是血嗎?可能有哪裡受傷了。」

老師抱起喝光牛奶正在舔嘴的貓，全身上下檢查了一遍。不過，看不出有哪裡受傷的樣子。

「老……老師，這……這隻貓咪怎麼辦?」阿顯一臉不安地詢問。

「這個嘛。」森岡老師沉思了一下。「牠現在很親近你，把牠放出去外面也一定會跑回來吧。我去問問看園長能不能先收留牠，直到找到飼主。」

阿顯開心地接過貓，用臉頰磨蹭牠。抱著貓的阿顯和千穗、郁夫圍繞著森岡老師，走向園長室後，我又轉身面向花壇。

我更換完土後，進入園舍。那隻貓的全身已用泡過熱水的布擦拭得乾乾淨淨。愛貓的年輕幼保人員安井詩織老師說，這是一種叫美國短毛貓的品種。毛色的條紋在背上形成漩渦。

由於獲得園長的許可，得以暫時在園裡飼養牠。不過條件是，在找到飼主之前，不能帶進孩子們的房間，並且要好好照顧牠。

牠是母貓，所以千穗將牠取名為小小。園裡的人在遊戲室的一角做了個窩給牠。小小上廁所的習慣已被訓練得很完美，只是暫時有些神經過敏，對聲音也很敏感。孩子們總想不停地摸牠，但小小不喜歡被摸。牠躲在細小的隙縫和暗處，長時間都不肯出來。然而卻唯獨對阿顯情有獨鍾，一認出他的腳步聲，不管身在何處都會飛奔出來。阿顯一坐下，便會立刻跳上他的大腿。無論是在遊戲室、餐廳還是穿堂空間，小小總是追逐著阿顯。

阿顯有輕微的智能障礙。說是「輕微」，但我想應該是不清楚實際的程度吧。他跟郁夫一樣都就讀特教班。因為有口吃，無法順利和他人溝通。我自己也還不曾好好地與阿顯說過話。

與他心靈相通的對象不是人類，而是動物。園裡飼養的金魚和倉鼠明明有安排值日生照顧，結果職責卻落到了阿顯的頭上。森岡老師說，阿顯天生就有與動物變得親近的能力。

「那孩子之所以不怎麼說話，也許是根本沒那個必要吧。」森岡老師接著說。

「因為能與動物交談嗎？」

我打趣地如此詢問後，森岡老師便一本正經地點頭。

「你有發現嗎？動物也像是能理解那孩子的意思般在行動。不只如此。阿顯會在腦海中將鳥獸任意組合，創造出新的生物。他很沉迷這種幻想遊戲。我有時候也會覺得那種生物是否真的存在呢。」

如果阿顯沉迷於躲在自己的殼裡幻想的話，應該不乏幻想的素材吧。城山裡棲息著無數的野生生物。不只野鳥類和昆蟲類，還有野鼠、狸貓、鼬鼠、白鼻心、蛇和蜥蜴。山裡的某處似乎有蝙蝠洞，一到黃昏，就有黑色的小蝙蝠在育幼院的四周飛來飛去。這些動物很容易闖進位於城山旁的若鮎園，孩子們放學後也經常去登山步道和堀之內公園玩耍。

市區的正中央有頂著古城的山以及與山相伴的深邃森林，多麼奇妙的景觀啊。明明距離包含縣廳廳舍和百貨公司在內的大廈群不遠，一入夜，城山便化為被漆黑的幽暗與陰森的寂靜所支配的異界。

夜晚的黑暗領域根深柢固，城山上蠢蠢欲動的小動物氣息更加濃厚。這個時間也鮮少有人通行，就連身為男性的我，在值夜班時也不敢外出。正因為如此，去年才會發生數起女性在城山附近遭受襲擊的強暴事件。聽說那是我還在大阪工作時發生的事。

小小來了之後，這隻貓在阿顯的心中占的比重越來越大。阿顯似乎活在小小與其他生物所形成的封印世界裡。要把他拉出幻想的世界，好好面對日常生活，是非常困難的一件事，對我這種臨時老師而言更是如此。阿顯正如森岡老師所說的那樣，不必透過語言就能操縱小小牠們。唯一能用言語打動阿顯的，是指導阿顯如何養貓的安井老師，她也不像其他大人那樣擔心阿顯與小小之間的奇特關係。

「動物一定是那孩子的心靈依靠吧。我認為每個人都需要一段有生物願意全心全意接受自己的時期。只是對阿顯來說，對象剛好是小小而已。阿顯遲早要跟貓咪分開的。」

與我年紀相仿的安井老師說的這番話，令我莫名地感動。阿顯在人類世界的確很孤獨。像暑假這種長期放假的日子，有許多孩子都會回父母身邊度過，但阿顯卻無家可歸，也不曾有親人來看過他。阿顯與小小理解彼此的境遇，像是互相安慰般地緊貼著肌膚。

然而，安井老師所說的「跟貓咪分開」的日子卻突然到來了。因為小小的飼主找到了。森岡老師與經營藥局的丈夫生活在城北地區，她丈夫聽說住在不遠處的一對夫妻所養的貓不見了。確認過後，發現果然是美國短毛貓。

那對夫妻飛奔過來迎接小小。貓真正的名字叫愛麗絲。

可是，剛才還在這裡的阿顯和小小卻不見蹤跡。看來是阿顯不想跟小小分開而逃進了城山。安井老師、森岡老師和我，分頭在山中搜尋。黃昏之際，我終於找到了阿顯。阿顯抱著小小，在苦楝樹下熟睡著。附近的岩石裂縫湧出無數的蝙蝠，在阿顯的周圍盤旋。究竟他正在做著什麼樣的夢呢？

「真可憐。」安井老師不知在何時走了過來，撫摸阿顯的頭。阿顯髒兮兮的臉頰上留有淚痕。之後，我揹著削瘦的少年步下山。

回到園內後，阿顯老老實實地把小小歸還給飼主。

第二學期開始後，若鮎園發生了問題。起因是郁夫不想去上學，好像是被普通班的孩子欺負。身上的傷痕和瘀青變得顯眼，郁夫原本開朗的個性蒙上了陰影。根據千穗的說法，大概能猜得出是哪些人一直在欺負郁夫，不過因為他們欺負的方式很巧妙，學校老師才沒有發現。園裡試著跟帶頭的六年級男童的監護人溝通，但他的父母卻反過來跑到園裡叫囂：「你們有什麼證據！」

森岡老師教導阿顯：「你要幫助小郁喔。要常常陪在他身邊。」阿顯只是一直咬著脣，沒有回答。要對抗年長的健全兒童，這個要求太過殘酷。尤其阿顯的體格差距又格外懸殊，說話也不順暢。

這時，小小的飼主打電話來說貓又不見了。告訴對方這次貓沒有跑來園裡後，對方大失所望。據說美國短毛貓獨立心強，又保有強烈的野性本能，但我實在不認為小小當野貓有辦法生存得下去。到處都不見小小的蹤影。

後來郁夫受霸凌的事件也暫時消停下來。特教班的六名兒童有個去郊外的陶藝窯參加體驗學習課程的機會。郁夫也鼓起勇氣，搭乘巴士出門。他們在陶藝教室捏製各自的作品。數日後，陶窯將大家燒好的陶器送來了。看到阿顯的作品後，所有人都僵住了身體。那是他創造出來的虛構生物。

「這不是小小嗎？」

千穗指著裝飾在餐廳的陶藝作品說道後，其他孩子們便發出笑聲。身體的條紋的確是小小的毛色沒錯，但頭部怎麼看都是蝙蝠，張開的嘴巴裡長著細長的獠牙。加上前腳是三根腳趾，還像猴子一樣挺起上半身坐著。

這個作品有名稱，卡片上寫著『我的朋友』。我回想起阿顯不得不和小小分離的那天，他抱著貓熟睡的畫面。我似乎窺見了阿顯當時所做的夢境。他或許幻想著如果有這樣的生物存在，就能代替弱小的自己保護郁夫了吧。

隔天，郁夫從校舍的二樓窗戶摔了下來。

所幸二樓的高度不高，郁夫只有左腳骨折。校方的解釋是郁夫坐在二樓窗戶玩耍的時候不小心失足墜落。但是，我實在不認為膽小的郁夫會做出這麼危險的行為。

「是……是那傢伙！是那傢伙推的！」

是在學校不敢說嗎？阿顯一回到若鮎園就激動地提起帶頭集體霸凌的那個孩子。我和森岡老師聽見後，面面相覷。我完全不知道該如何是好。老實說，我無法對有障礙的阿顯所說的話全盤接受。

不過，森岡老師卻憤然站起身來，陪同園長一起去學校抗議。對方當然是不承認。那個帶頭霸凌的男童名叫佐藤陸，據說陸的父親還反過來把阿顯給罵個狗血淋頭。

護送左腳打上石膏的郁夫去上學，成為我目前的工作。阿顯再次變得沉默寡言，纏繞在他身上的陰影令我相當在意。他內心正在孕育的東西是什麼？我一直在思考這個問題。

秋意轉濃時，這次換佐藤陸發生了意外。他在城山中玩耍時，從快要坍塌的石牆上跌落。傷勢本身並不嚴重，但他卻遲遲沒有出院。似乎是一直發著原因不明的高燒。他的狀況好像被認為是某種感染症，聽說陸一直訴說自己在山中被敏捷的小生物追趕，還被抓傷了。不過，這是事實，還是因為高燒而導致意識障礙，就不得而知了。

陸罹患髓膜炎，一度性命垂危。不過總算康復了。他並沒有回到原本的學校，因此不知道之後的情況怎麼樣。

郁夫也在冬天時拆掉了石膏，開始精神奕奕地去上學。

我是從家裡騎機車去若鮎園上班的。從城山的山腳下繞一圈，穿過位於城北地區的大學和高中之間，就在回家的路上看見圍牆和電線桿上貼著尋找走失貓「愛麗絲」的傳單。傳單上附加的照片很眼熟，無庸置疑是在若鮎園短暫落腳過的小小。看來那隻貓還沒有找到。

搞不好阿顯把小小偷偷養在城山裡。說出這句話的，是安井老師。她說阿顯常常會帶走食物。我質問阿顯，但他只是猛搖頭。若鮎園位於城山西面的二之丸公園下方，黑門口登山道從二之丸公園一直延續到山頂。這條登山道是藩政時代的正面登山口，光線明亮又好爬。沒有鬱鬱蔥蔥的感覺，四周環繞著令人心曠神怡的雜樹林。二之丸公園與這條登山道入口，正適合小朋友們玩耍。

「不過啊，阿顯去的好像是古町口登山道那邊。」

安井老師悄悄對我咬耳朵。說到這裡，之前阿顯帶小小逃進去的，就是位於城山西北的古町口登山道那一帶。樟樹、杜英、朴樹等大樹覆蓋天空，下方則有繁茂的桃葉珊瑚、白新木薑子、全綠冬青等耐陰樹。簡單來說，就是通往深邃森林中的道路。園長也時常提醒小朋友不要接近這條登山道，但這個場所用來偷偷養貓再適合不過了。

所有職員都開始不著痕跡地關注阿顯，於是阿顯便不再登上城山。不久後，所有人都把那隻走失的貓給忘得一乾二淨了。

就在冬天的寒氣漸緩時，發生了那起事件。

那天是個下雨的冰冷天氣，安井老師在值完晚班回家的路上，被人拖進城山強暴。由於這起事件太過震驚，所有職員無不啞然失聲。

我這時才初次耳聞去年犯下數起連續強暴事件的犯人仍舊逍遙法外的消息。在城北地區的城山山腳下的停車場發生兩起，在從古町口登山道撥開草木進入森林深處的地方發生過一起。一年多來偃旗息鼓的犯人在春天來臨前，又再次犯下罪行了嗎？安井老師提出停職申請，縣政府立刻派遣新的幼保人員來補職缺。我們對孩子們隱瞞這起事件，對他們說安井老師因為生病必須休息靜養。不過，職員間蔓延的忐忑心情，也漸漸擴散到了孩子們身上。

尤其是阿顯的狀況產生變化一事，森岡老師和我都有所察覺。自從和小小分開後，他徹底沉浸的獨特幻想世界又更加多彩多姿了，這似乎也使他離現實世界更加遙遠。我毫無根據地心想，阿顯搞不好清楚地理解他的知音安井老師身上到底發生了什麼事。森岡老師似乎也跟我抱持著同樣的感觸，在各方面都很關心阿顯。因為家裡離若鮎園很近，老師下班後依然陪在阿顯的身邊。

不過，失去安井老師和貓的阿顯，不再輕易地與人親近。

一個月後，安井老師沒有復職，而是提出了辭呈。「希望還能在其他地方擔任幼保人員。」她傳達了這句話給我們，卻沒有來若鮎園跟大家告別。安井老師說過的「阿顯遲早要跟貓咪分開」這句話，始終懸掛在我腦海一隅。若是有障礙、躲在自己的殼裡，拒絕成為大人的阿顯，並沒有與貓分開呢？我內心冒出這種愚蠢的念頭。如此一來，小小會幻化成何種形態呢？

我果然還是在城山中找到了答案。

我這個無事一身輕的單身男子，一星期值一次夜班。安井老師離職後那週，當我正在值夜班時，就被一道輕微的聲音給吵醒。是從二樓光著腳走下樓的安靜腳步聲。是哪個小朋友睡迷糊了，跑出房間嗎？我在被窩裡側耳傾聽。隱約感受到有人的氣息，從建築物的內側打開門鎖，踏出門外。我嚇得跳了起來。

我隨手往運動服外披上一件外套，拿起手電筒出去外面，這時小小的黑影已經在門的另一端了。好在今晚是滿月，夜晚的視線清晰。雖然人影很模糊，但我堅信那就是阿顯。阿顯一刻也不停歇地前往古町口登山道入口。當他經過燈罩破裂、光線微弱的街燈下時，證實了我的推測無誤。

我追在阿顯的後頭，進入登山道後，發現有一輛黑色汽車停在大彎路上。那是一輛車身很低、裝著粗管消音器的改裝車。我有種不祥的感覺。但我還是必須沿路前往登山道才行。經過入口的街燈後，就再也沒有燈光照明設備了。宛如落入洞中，充滿濃稠的黑暗。阿顯已不見蹤影。

我依靠著小小的手電筒，戰戰兢兢地邁開腳步。狹窄的山路是石子路，加上從兩側延伸而來的樹根盤根錯節。不帶照明器具就行經此處的阿顯，是很習慣走夜路嗎？

——吱吱吱吱。

劃破黑夜的尖銳鳴叫聲突然傳來。究竟是什麼鳥會在大半夜鳴叫呢？身體因寒風與自我妄想而顫抖。

無論我怎麼爬，都追不上阿顯。手電筒的光環，只是更凸顯出周圍的黑暗。當我開始感到不安時，森林裡發出了聲響。是草叢的沙沙聲，與數人互相推搡的氣息。在思考前，我的身體已搶先一步行動。我認為是阿顯發生了什麼事。

我脫離登山道，撥開高度及腰的柃木群落，踏進森林深處。人的氣息越來越濃厚。斜面下凸出一塊大岩石，岩石的另一端是鐵芒萁生長茂盛的空地。位於下方的人物沒有發現我的存在，我悄悄關掉手電筒，只憑藉月光和星光的照耀，看到了羊齒植物叢以及身處叢中的三個大人。不見阿顯的身影。

眼睛習慣後，理解他們處於何種狀況時，我凍結在原地。半沒入鐵芒萁中的是一名年輕女性，一名男子壓在她的身上，而另一名男子則是繞到女性頭部那一側，好像是在綑住她的雙手或摀住她的嘴。這兩個男的正打算強暴那名女性。女性激烈反抗，發出含糊的慘叫聲。不過，在這個時間的深邃森林裡頭，除了我以外，根本不會有其他人聽見。

我猶豫不決。必須要救她，那兩個人肯定就是襲擊安井老師的犯人。可是，這次我的身體沒有擅自行動。

「笨蛋，按好啦！」

「快點上啦！」

聽見兩個男人緊迫的聲音，我的雙腳不住地發抖。出聲大叫就好了，或是用手電筒照他們就好。不過，對方有兩個人，要是手上有凶器該怎麼辦？我想我猶豫了短短數十秒。最後終於毅然決然地踏出一步。

當我將視線向上移時，看見阿顯站在兩個男人對面的灌木中。他從剛才就待在那裡了。在我感到吃驚的那瞬間，阿顯旁邊的樹林晃動了一下，某個東西飛竄而出，是一隻黑色的小生物。那傢伙展現出驚人的跳躍力，撲向女性身上的男人。起初先跳到男人背上的生物，迅速奔向上方，接著一口咬住男人的後頸——看起來是這樣。

「呀！」男人發出短促的叫聲，抬起上半身，拚命扭動，想要甩掉那隻詭異的生物。

「到底是什麼東西啊？」

另一個男人從芒萁中撿起手電筒，往同夥的頭部一照。

「把這傢伙弄開！」

我想起霸凌郁夫的佐藤陸、想起他在城山森林中遇見的生物。不過，我無暇深思。

「喂！你們在那邊做什麼！」

我高扯聲音呼喊，打開手電筒四處亂照。即使如此，依然發揮了效果。黑色生物用後腳朝男人的背一蹬，消失在樹林間。

——吱吱吱吱。

原來這是那傢伙的聲音，那隻詭異生物所發出的叫聲。

那兩名男子原本正要離開芒萁群落，聽到我的聲音後，便驚慌失措地衝下坡道。當我把視線移回來時，對面的灌木中已不見阿顯的身影。我茫然自失地呆站在原地。從芒萁叢中站起來的女性十分冷靜沉著，她說自己是在下班途中被強押上車，再帶往這裡的，甚至連車牌號碼都記得一清二楚。

強暴犯因此立刻落網。去年的事件和前陣子對安井老師施暴的，也確定是他們兩人犯下的罪行。等警察在三天後找到持有車子的男主犯時，他已經發病了。全身嚴重發冷想吐，接著立刻發起高燒，就跟佐藤陸的症狀一樣。結果，他感染腦炎，在事件發生兩個星期左右後身亡。

我什麼都沒說。

當主犯的同夥用手電筒照到他時，我目睹了一瞬間的畫面。那隻小動物的外形，就跟阿顯先前創作的陶藝作品一模一樣。生長著短毛的軀體是美國短毛貓特徵的條紋毛色，還有像鞭子一樣柔韌的無毛長尾巴。牠那像極了蝙蝠的頭部轉過來望向我的瞬間，張開了血盆大口。剛抽出男人後頸、長得誇張的獠牙，上頭沾著男人的鮮血，閃耀著黏稠的光芒。

不滿一秒內目睹的動物姿態，深深烙印在我的腦海。我這才恍然大悟。

那個純真少年阿顯的內心，孕育著與純真勾不上邊的情感。那是憎恨、惡意、邪念與嗜虐。他將這些負面的情感完全複製過去，創造出了那隻怪物。阿顯以幻想力紡織出來的產物，藉由小小的身體化為實際存在的生物。就這樣，他忠誠的僕人、撫慰孤獨的朋友、執行他黑暗扭曲正義感的夥伴，就此誕生了。

牠代替阿顯保護郁夫，又為安井老師復仇。

那晚我回到園裡後，阿顯已躺在被窩中。他的鞋子沾滿了山上的泥土和碎草。我湧起一股想把他搖醒質問的衝動，最後還是作罷。

如果我詰問他「那到底是什麼東西？」他勢必會回答「我的朋友」吧。

春天來臨時，阿顯也升上了六年級。至少他沒有再半夜偷溜出去了。

不過阿顯的境遇倒是起了變化，他的親生母親突然說要把他領回去。據說她在十六歲時生下阿顯，因為當時沒有經濟能力，只能遺棄他。之後她在外縣市工作，重建生活，三年前與一名年齡差距懸殊的男性結婚。夫妻倆商量後，決定回到本地，把阿顯帶回去生活。

兒童諮詢所介入其中，開始評估是否該讓阿顯回歸家庭。只要建立起安穩的家，讓收容的孩子回歸家庭是最好的方法。因為對孩子們而言，充滿親情的場所才是他們原本的容身之處。阿顯的雙親大野義之和榮子也來面會過好幾次。阿顯也在兒童諮詢所的指導下，到家人那邊過夜。

諮詢所唯一視為問題的，就是阿顯的繼父沒有工作這件事，當然也因此沒有收入，目前是靠母親外出兼職維生。況且夫妻倆之所以會回到妻子榮子的出生地，也是因為義之遭到裁員的關係，打算在新的土地找工作。義之與榮子年齡相差近二十歲。榮子目前還只有二十幾歲，染了一頭金髮、臉上化著濃妝，似乎是在酒店兼差。而正在找工作的義之則是個疲態盡顯的中年男子，完全感覺不到他有心想就業。

當然，若鮎園的職員並不信任這對夫妻。大家都不明白在兩人的生活也過得不順遂的情況下，突然想把有礙障的阿顯留在身邊究竟是有何用意。園長對於交出阿顯一事表示為難，結果兒童諮詢所還是決定把阿顯交還給父母。

在雙親的身邊，阿顯一副緊張不已的樣子，他無法流暢地表達自己的意思，就此踏上了新生活，也轉到了新的小學就讀。最後兒童諮詢所之所以會答應讓阿顯回到父母身邊，是因為義之找到了警衛的工作。幼保主任森岡老師直到最後都很擔心阿顯。由於阿顯一家人恰巧與我住在同一個鎮上，加上森岡老師想要知道阿顯之後過得如何，於是我便若無其事地觀察阿顯的生活狀況。阿顯依舊面無表情、沉默寡言，獨自一人上下學。遠離城山的阿顯，既孤獨又空虛。

暑假期間有幾名孩子入園，我每天都埋首業務，忙得不可開交。任職第二年，承接的工作變多，也值了不少夜班。沒閒暇關心已經離開育幼院的孩子是事實。起初感到寂寞的千穗和郁夫，也漸漸習慣了阿顯不在身邊的日子。

所以——我漸漸不再關注阿顯一家人。也不知道義之老早就辭掉了警衛的工作，這個男人的工作老是做不長久。當位於老舊兩層木造租屋處的阿顯家失火時，我正好休假在家。大白天響起了消防車的警笛，我才知道發生了火災。冷汗滑落心窩，我兩手空空，隨便套上涼鞋奔向城郊。那天秋意轉濃，颳著強風。

當我得知陷入火海的是阿顯家時，我差點腿軟。

「沒人在家喔。」鄰居說。「夫妻倆早上出去還沒回來。小孩也在學校上課吧。」我火速地趕回家後，趕緊打電話通知若鮎園。等到我再次奔回現場時，消防員正如火如荼地準備滅火。園長和森岡老師也搭著計程車趕來。

「我打過電話到阿顯的學校。」園長雙眼充血。「學校說阿顯今天感冒，沒去上學。」森岡老師緊接著說。

「可、可是，我聽說家裡沒半個人——」

我的嘴唇乾燥不已，被火烘烤的背部發燙。這時，看熱鬧的人們開始鼓噪起來。

「阿顯！」

在我回頭望向後方前，森岡老師便大聲吶喊。因為二樓的玻璃窗打了開來。黑煙以猛烈的速度竄出，接著就看見阿顯站在其中。他的臉被燻得漆黑，將身子探出窗外，大口喘氣。

「阿顯！」森岡老師再次大喊。不知阿顯是否有聽到這聲叫喚，感覺他朝這裡瞥了一眼。不過，他就這樣被烏黑的濃煙給吞噬。我清清楚楚地看見他最後抓住窗框的手滑落窗內的畫面。

森岡老師就是在這時衝出群眾的。閃過園長和消防隊員的手，奔向阿顯家。那時消防隊員正好打破玄關的玻璃門，開始噴水。但沒有人阻止得了森岡老師。

森岡老師從玄關衝進家中後，立刻響起「喀啦喀啦喀啦」的巨大聲響。原來是二樓的地板坍塌了。「啊啊……」園長發出呻吟，跪倒在地。而我只是窩囊地在原地顫抖。

幾名消防員下定決心衝鋒陷陣，噴水也朝玄關處集中。一樓的火勢稍微減弱，煙的顏色也從黑色變成灰色，可看到銀色的防火衣在裡頭蠢動。淋成落湯雞的他們把森岡老師拉了出來，救護車立刻橫停在前，將老師送上去。園長也打起精神，一同搭乘救護車離開。

園長吩咐我留在火災現場，我便待了四十分鐘，直到火勢撲滅。前來支援的兒童諮詢所兒福人員和我一起確認阿顯那小小的遺體。由於地板坍塌時，阿顯位於巨大的梁柱下，身體受損的並不嚴重。

他的雙親直到入夜前都還聯絡不到人。竟然把感冒的兒子扔在家外出，實在是太荒唐了。而且起火的原因似乎是忘記關瓦斯爐。因為強風的關係，火勢蔓延得很快，導致在二樓休息的阿顯無法逃生。

森岡老師聽說這些事後，在醫院的病床上潸然淚下。老師和燒毀的樓梯一起墜落，造成脊髓損傷，導致下半身不遂，一輩子都無法用自己的雙腳走路了。她很想出席阿顯的葬禮，卻心有餘而力不足。

若是沒有被那對不負責任的夫妻領回家的話，阿顯就不會死了。那孩子適合在城山的山腳下平靜地過生活，卻因為大人的自私而落得這種下場。森岡老師肯定難過得肝腸寸斷。之後老師在意志消沉的狀態下辭職，窩在平和通的自家內，足不出戶。她的先生則是不辭辛勞地照顧她。

警察和消防局也鍥而不捨地調查起火原因。甚至到附近人家四處問話。

「那孩子好像保了高額的保險喔。」

明明沒人在偷聽，我母親卻壓低聲音說道。

「妳說誰？」

「阿顯啦。那個被燒死的可憐孩子。」

我慢慢抬起頭，目不轉睛地凝視啜茶的母親，花了半晌才意會過來。母親又接著往下說，據說是有鄰居聽見阿顯的繼父不小心說溜了嘴。

也就是說，大野夫婦之所以把阿顯領回家，是為了故意害死他，詐領保險金？怎麼可能——

「不至於吧。」

母親跟我抱持著同樣的想法，輕聲咕噥道。

保險公司的調查員也造訪若鮎園，證實阿顯確實投保了巨額保險。這件事實在太詭異了。我不認為原本勉強度日的夫妻有能力持續支付高額的保險費用。

——阿顯是被殺死的。

這個想法在我心中變得牢不可破。

經過三番兩次慎重的調查，保險金遲遲沒有發放。大野義之氣憤地跑來園裡。

「死了兒子還拿不到保險金，簡直是欺人太甚。」義之對園長激動地大吼。「而且還懷疑是不是我們夫妻倆殺了那孩子。」

沒有血緣關係的父親有別於來收養阿顯時的態度，滔滔不絕地說著。「家裡發生火災後，我身體不適臥病在床。我們的生活一塌糊塗。竟然還不給付保險金，還有沒有天理啊！」

我們職員都豎起耳朵，偷聽到義之從用隔板隔開的會客室傳出的聲音後，都感到相當不快。比起阿顯喪生，這個父親還更想強調夫妻倆的清白，控訴無法給付保險金的不合理。至少可以理解這個男人對失去阿顯一事毫不哀傷。

阿顯雖然有障礙，但心地善良，懂得照顧年幼的孩子，還與動物心靈相通。把他一個人留在火場，讓他在恐懼中死去才沒有天理吧。這個男人到底來做什麼？當園長和職員們開始納悶時，義之終於提起他這次前來的目的：

「我想去那位試圖救出阿顯的老師家道謝。可以告訴我她住在哪裡嗎？」

交談了一會兒後，園長便指派我帶他去森岡老師家。我氣憤地站到義之面前。這傢伙打算開始搞些小動作，來消除周遭人對他的懷疑吧。宣稱要去向森岡老師道謝，其實是為了增加警察和保險公司對他的好印象吧。

義之不知道我內心的想法，嘴上還說著：「你那麼忙，真是不好意思啊。」然後跟在我後頭。森岡老師也無法以平常心與阿顯的父親見面吧。我踏著沉重的腳步，繞著城山的山腳往城北方面前進。天色陰沉暗淡，看起來就要下雨的樣子。我來到古町口登山道的登山口，停下了腳步。

「我們穿過城山過去吧，這樣比較近。」

我胡謅的。不過來自外地的義之不疑有他地跟在我的後面踏進山路。我一語不發，健步如飛。頭上交錯的樹枝沙沙搖晃，天氣越來越差了，在這冷清的山路上，腳邊的光線也變得昏暗不明。懶散肥胖的義之早已氣喘吁吁，大汗直流。

「老師，可以請你走慢一點嗎？」

我無視他的請求，加快腳步。義之絆到石頭，呈現出踉蹌的醜態。我把他留在蜿蜒曲折的小道上，筆直地向前爬。一股潮濕的風吹了下來。

——吱吱吱吱。

我在風中分辨出那隻怪物的叫聲。

「老師！請等一下啦。」

下方傳來義之的聲音。周圍的森林隨風起伏，沙沙作響——那傢伙沿著彎曲的樹枝，撥開樹下生長的雜草叢而來。

「嗚哇！」義之大叫。「這什麼東西！」

我沒有回頭，也沒有放慢腳步。氣喘吁吁，一心一意向上爬，最後轉為奔跑。

我在登山道盡頭的乾門處打發了一下時間後，又慢慢地返回坡道。義之坐在路旁的石柱上發呆。他一看到我的臉，便搖搖晃晃地站起來。一副連我們為何來這裡都忘記的樣子，然後直接下山。我追在他的後頭，在山腳下並未交談就分開。

結果，大野義之沒有去森岡老師家拜訪，也領不到阿顯的保險金。一個星期多之後，義之說他頭痛、發高燒、想吐，被送進了醫院。

據說他在醫院對聲音十分敏感，也感到異常害怕的樣子。他全身的狀態立即惡化，變得無法言語。後來似乎診斷出化膿性髓膜炎，住院四天後便斷氣身亡。在他的髓液中發現了細菌，但最終還是無法得知細菌從何而來。

我母親又聽說警方將阿顯的死視為案件著手調查，但由於榮子也離開了本地，沒有人知道後續的發展。

——吱吱吱吱。

——吱咿！

在值夜班時，我至今仍偶爾會聽見那傢伙的叫聲。只要我闔上雙眼想要入睡，便會想起那天我跟在義之後頭下山時的事。他的後頸有兩個並列的小紅點。是野獸在那裡刺進了細牙。傷口小到不注意觀察就根本不會發現。

那傢伙仍棲息在城山的森林之中。

等待著永遠不會再歸來的飼主。阿顯所幻想出的產物，今後也肯定會在那裡一直生存下去。

搞不好阿顯的靈魂偶爾還會對那隻野獸下達命令也說不定。命令牠幫助對這世上不合理的事物感到憤怒卻又無能為力的小孩，對不公不義的大人展開復仇。

阿顯做的陶藝作品，至今仍擺放在若鮎園的玄關大廳。

七一一號

七一一号室

病房

七一一號病房

有人呼喚我。我認得那道聲音，是姊姊。姊姊的聲音不是特別大或高，卻穿透力十足。或許是學生時期曾加入合唱團的關係吧。

我從深深的水底輕輕浮起，感覺有光照射在水面上。水面充滿不斷變形的網眼波光。我穿過那些網眼波光，將臉探出水面。似乎隱約聽見了美妙的音樂。

「啊！她好像醒過來了。」有人在探頭窺視我的臉。「小千，認得出來嗎？是我。」

我怔怔地注視眼前的兩名人物。這兩個人的穿著打扮都很奇怪，身穿像是烹飪服的白色罩衣，頭戴宛如浴帽的白色帽子。

「啊啊，太好了。聽說手術很成功。太好了呢，小千。」

像這樣再三彎下身子跟我說話的，是姊姊晴子。唯獨這件事我一清二楚。我腦子還轉不大過來。我為什麼會躺在這種地方？站在姊姊身後的又是誰？

我閉上雙眼。光線太刺眼了，我沒辦法長時間睜眼。

「啊啊，又睡過去了。麻醉還沒消退呢。」

我聽著姊姊對她背後的人物如此說道的聲音，又沉入水底。

接著清醒時，已不見任何人影。光線相當刺眼，令我眨了眨眼睛，之後護理師便走了過來。

「感覺怎麼樣呢？」

我想講話，卻發不出聲音。對方似乎也對我這種患者的反應習以為常，微微一笑後，替我診脈，填寫在板夾的紙張上。我雖然發不出聲音，倒是有餘力觀察周圍的狀況。

映入眼簾的，幾乎都是冷冰冰的白色天花板，我好不容易微微轉動脖子後，便看見躺在其他病床上的患者、雜亂無章的醫療器具，以及靈巧地穿梭其中、賣力工作的醫療人員。從我自己的心電圖螢幕所發出的電子音真是刺耳。

「這裡，是哪裡？」我總算發出聲音後，護理師將嘴巴湊近我的耳朵，一字一句地說：

「這裡是加護病房。」

她的聲音太過響亮，令我皺起眉頭。我本來想說用不著在我耳邊這麼大聲說話也行，卻一個字都吐不出來。

我的頭腦漸漸清晰。因為腹部長了動脈瘤，我接受開腹手術。醫生說我有動脈硬化的症狀，為了保險起見就做了大動脈的超音波檢查，結果發現了腹部動脈瘤。沿著脊梁向下移動的大動脈，在靠近肚臍下方一帶分成兩條腸骨動脈。我的動脈瘤正好長在那個分界處。已經有四公分大。醫生說動脈瘤幾乎不會出現症狀，在破裂前就發現真是走運。

我那部分的大動脈被割除，換成聚酯纖維製成的人工血管。穩定至極的人工器官，至死都會在我的腹中持續運作。

我再次仰望著白色天花板，搜尋自己宛如蒙上一層霧的腦內。於是，突然認出剛才站在姊姊後方的，是我的丈夫克也。我不禁笑了出來，竟然會認不出自己丈夫長什麼樣子。丈夫會感到不悅嗎？不過，當時那種情況也是無可奈何。我睜開眼睛只有短短數分鐘。何況愛雞婆的姊姊還一直彎下身擋住我的視線，當然沒有丈夫出場的份。

姊姊比我大十歲，我從小就習慣依賴她。她在外縣市的醫院當護理師。所以，我經常找她商量這次生病和動手術的事。克也應該也十分理解我們的關係才對。

剛才的護理師帶著我的主治醫生回來。

「手術很成功喔。」

接著他簡單解說手術的過程，但我聽不大進去。這並非是麻醉的關係，我本來就聽不大懂這類艱澀的話，就連術前的說明，我也特地請我姊陪同我們夫妻倆一起聽。醫生畫了一張圖，仔細說明「把這裡和這裡用夾子夾住」等內容，但我幾乎記不得了。當時也是姊姊一個勁兒地提問，最後醫生對姊姊熱心地說明。

所以，剛才姊姊只是說了一句「聽說手術很成功」，我就整個人放心了。無條件認為姊姊都這麼說了，肯定沒問題的。這是我從小到大的習慣。

住在遠處的姊姊平常都是工作、育兒兩頭燒，因此日常生活我只能依賴克也。結婚七年，年近三十五歲都未能懷孕，更助長了我這種性格傾向。

醫生離開後，護理師確認吊在床邊的點滴量，調節點滴滴速，這時我才發現自己的手臂上扎著點滴針。我也目不轉睛地看著那透明液體一滴一滴落下，進入我體內的畫面。我總是如此被動。

對於外來之物，我一概視為「更加優良」、「有人已幫我鑑定完畢」而全盤接受。

丈夫是個沉默寡言的人。話少到我都替他感到憂慮，擔心他這樣有辦法勝任在銀行從事的融資工作嗎？不過工作歸工作，那方面他處理得很妥當，可見他在家裡和外頭是兩副面孔吧。他不大談工作上的事，我不清楚、也不過問。他來探病的時候頂多是問個一句：「今天怎麼樣？」等我聊完當天的身體狀況、接受什麼治療、醫生和護理師對我說的話後，兩人便心不在焉地眺望窗外。

第二外科的病房位於七樓，視野極佳。尤其入夜之後，點了燈的古城飄浮在城山上的景色更是一覽無遺。不過這件事在我轉到這間病房後就立刻跟丈夫提過了，沒辦法每次都拿這個來當話題。

「有衣服要洗嗎？」

當丈夫說出這句話的時候，就代表他要回去了。對於拜託他幫我清洗內衣褲一事，我感到很歉疚。

「對不起喔。我會趕快康復出院的。」

丈夫從置物櫃中拿出塑膠袋，離開病房。我又湧起罹患這種病的自己真是不中用的想法。我從未像姊姊那樣出外工作。大學畢業後，我一直與父母同住，學習新娘課程，直到與丈夫相親結婚。

我總是在某個人的庇護下生活。所以，無法融入社會，也不擅與人交往。倒是時時刻刻提醒自己要將分配給自己的職責包辦得完美無缺。可惜肚皮沒動靜，沒有機會扛起「母親」的職責，但我自認為身為「妻子」，我把家裡打理得井井有條，讓丈夫過著飯來張口、茶來伸手的日子。不過看在像姊姊這種職業婦女的眼裡，我這種微小的堅持和實際在家所做的家事，肯定瑣碎得可笑。

丈夫離開後，我再次百無聊賴地眺望點起燈的古城。

我術後恢復良好。轉到單人病房的三天後，醫院拔掉導尿管，要我試著自己去上廁所。是已經排除縫線出血的危險了嗎？在護理師的催促下，我推著點滴架在走廊上慢慢地前進。手術疤痕還是很痛。本來就討厭活動身體的我，想要躺在床上多休息，但是被告誡如此一來會在血管裡形成血栓，堵塞心臟或腦血管，很危險。主治醫生告訴我，傷口過一陣子就沒那麼疼了，再過兩個星期左右就能出院。

我轉達給丈夫後，他也露出鬆了一口氣的表情。聽到好消息，我的心情也平靜許多。我會透過別人的反應，來決定自己內心的基準。肯定是因為一直以來都依賴父母、姊姊和丈夫生活的關係吧。只要身邊有一、兩個人能像這樣成為我的基準點就好。否則，我會混亂。這或許就是我無法靈巧地與人交往的原因吧。

我雖然就讀市內的高校、大學，卻沒幾個朋友。我不大能與他人打成一片，相貌不佳，對女高中生和大學生感興趣的事物也不了解，所以也無可奈何吧。旁人大概是連把我當成霸凌的對象都嫌無趣吧，但倒也沒有被當成空氣排擠就是了。有一部分的同學看我在發呆，便會竊竊私語地嘲笑。

個性不怎麼活潑的丈夫克也，就這層意義而言，是我最佳的伴侶。

我立刻被趕出了單人病房。像這種大學附屬醫院，會不斷地有重症患者來接受治療。術後恢復良好的病患，就必須把個人病房讓給他們。我因此轉到同一棟病房大樓的雙人病房是七一一號病房。

靠窗的病床已為我騰出。當我踏進那間病房時，靠門那邊的病床布簾是拉起的。一名護理實習生幫我搬來行李。我心想必須跟同病房的患者打聲招呼才行，但布簾卻文風不動，可能是在睡覺吧。實習生也沒提起半句話。實習已經忙得精疲力盡，未必能掌握所有病房的患者狀況吧。

我躺在病床上，與實習生交談了片刻。

「從這間病房也能清楚看見古城呢。」我說道後，她回答：「夜晚打上青白色燈光的古城，有點可怕呢。」

實習生離開後，我躺著快速翻閱雜誌。丈夫每隔兩、三天就會帶雜誌給我。我想像丈夫購買女性雜誌時的模樣，就覺得有點好笑。

這時，隔壁的布簾拉了開來。我停止手部動作，坐起上半身。一名長我幾歲、年約四十的女性，雙腳垂下，坐在床邊。

「妳好。」她說。

「我剛移到這間房。不好意思，沒有馬上跟妳打招呼……」

我如此說道後，那個人便笑答：「沒關係啦。」她的笑聲聽起來有點寂寞。接著自我介紹她叫遠藤友紀。我也報上自己的名字，低頭再次說一聲：「請多指教。」

這段期間，我一直看著遠藤小姐的臉。她長得真是漂亮。深邃的雙眼皮與捲翹的長睫毛令人印象深刻。鼻梁尖挺，每次說話便動得文雅的嘴唇，形狀也十分端正。由於肌膚透亮白晰，明明沒有化妝，脣色看起來卻異常紅潤。

不過我之所以會盯著她的臉，是因為她頭上纏繞著一圈又一圈的繃帶。繃帶也包住了她的右眼，因此她那美麗的面容被遮住了將近一大半。我先提起自己的病名和剛動完手術的事，接著小心翼翼地詢問她的病名。

「我得的是腦瘤。」遠藤小姐若無其事地說道。她對啞然失聲的我說：「叫惡性神經膠質瘤，是反覆動手術也會不斷復發的惡性腦瘤。我已經動了第三次手術。」

遠藤小姐似乎已經習慣談論這種事，流利地說明自己的病情。她說自己的右額葉有血腫，腫瘤就藏在那裡面。接近腫瘤位置的內側有視神經通過，動第二次手術時不小心傷到視神經，導致她的右眼失明。

「這裡——」遠藤小姐指著自己的右耳上方。「必須打開這裡的頭蓋骨，切除位於深處的腫瘤才行。得一邊止血、一邊把腫瘤清乾淨，否則馬上又會復發。」

我這時呈現出何種表情呢？肯定是感覺自己的頭蓋骨開了一個洞，露出一副覺得很噁心的表情吧。

「可是啊，醫生說要是過分深入，控制左手左腳的神經就位在那裡，有可能導致左半身麻痺。」

遠藤小姐說得一副置身事外的樣子。我猜想她搞不好對任何人都故意用這種方式說話，以讓人感到驚恐為樂，把無聊當有趣，於是便觀察她的神情。不過，遠藤小姐爽快地說完後，露出有點靦腆的笑容。

「不好意思喔，讓妳看到我這副難看的模樣。」她伸手觸摸繃帶。

「不會，別這麼說──」我連忙回答。「腫瘤已經全部清乾淨了嗎？」當我思考也許不該問這種問題時，話語已經脫口而出。

「已經動了三次手術了，我希望如此。」

遠藤小姐嘴上這麼說，但從她的語氣聽來，復發的可能性很高。這個人也許已不久人世。因為她太過美麗──

我沒頭沒腦地如此思忖。

我在七一一號病房的醫院生活，全耗費在術後的體力恢復以及為了確認而做的檢查。我再次進行術前做過的血管攝影檢查。針刺進局部麻醉的右鼠蹊部，將顯影劑注入動脈。有種十分不舒服、受到壓迫的感覺。粗大的針頭探索著動脈，在我的肉裡扭來扭去地移動。檢查結果良好。

我又把這件事告訴丈夫，好讓自己也放心。在丈夫來到病房時，遠藤小姐緊閉布簾，沒有露面。

「我不想讓男人瞧見我這副鬼樣子。」遠藤小姐說。

所以，我沒有刻意將遠藤小姐介紹給我丈夫認識。丈夫也並未提起隔壁病床的事。我心想，遠藤小姐根本不如她所在意的那般醜陋。我甚至認為那令人不忍卒睹的白色繃帶，反而襯托出她的孱弱之美。不過，我立刻想到她罹患的絕望疾病，便訓斥自己這種不妥當的想法。

我有生以來，就跟漂亮、可愛這類詞彙八竿子打不著關係。身材肥胖又不會打扮，看見漂亮的人，先湧起的是放棄的念頭大過羨慕之情。會客觀地認為五官太過端正的人看起來很虛幻，或許也是基於這個原因吧。自己望塵莫及的美，只能遠遠地欣賞。

然而遠藤小姐無懈可擊的美麗，卻令我深深著迷。她的美，並非是充滿青春活力的那種美，應該說是歲月刻劃出的純淨之美。而且這份美麗，可能會因為疾病而即將消失。

不過，隨著身體逐漸康復，也讓我體會到有同房者可以聊天是多麼慶幸的一件事。沒有人來探望過遠藤小姐。她只說過有一個哥哥在遠方，沒有結過婚，因為仰賴這間大學附屬醫院的醫生才離開鄉下，朋友也不方便過來看她的樣子。

「那妳應該很寂寞吧。」我一說完，遠藤小姐便笑回：「不會，一點都不。」她一笑，紅潤的嘴脣兩端便形狀優美地上揚。

「在妳來之前，我不是都一個人嗎？我就靠天馬行空亂幻想來度過。這是我的專長。畢竟我已經有三次長期住院的經驗。」遠藤小姐說完後，又笑了笑。「腦瘤越來越大，不是會壓迫腦袋嗎？聽說會導致頭痛、噁心之類的症狀。可是我不一樣，我會看見幻影。」

「幻影——？」

這時，護理師走了進來。遠藤小姐立刻拉起布簾，再次窩回裡面。可看見布簾內她躺在床上的影子。或許她必須待在床上靜養吧。不過，目前看不出她有頭痛或身體不適的狀況。

「從今天起，妳可以沖澡了。」

「真的嗎？」

「現在要不要去洗呢？」

我拿著盥洗用具走向浴室。然後一邊沖澡一邊俯視自己的下腹部。醫院幫我消毒傷口時，我已經看過無數次了，但是像這樣站著俯視後，顯眼的疤痕看起來特別大。手術疤痕從肚臍的正上方，避開肚臍，沿著腹部中線一直延伸到恥骨一帶。

我用手指輕描那道傷痕。

身上有這麼一大道傷疤，丈夫克也會願意與我行房嗎？在發現我生病許久之前，正確來說，我們夫婦已經有兩年左右沒有性生活了。丈夫還不滿四十，正是精力旺盛的時候，不過也有個人差異吧。我聽說社會上增加了不少無性夫妻。

沒有朋友的我，不知道能找誰商量。也不敢向姊姊傾訴，因為她肯定忙得分身乏術，畢竟她的工作壓力很大。抑或是，對丈夫而言，性愛不過是單純繁衍後代的行為。或許他已經發現跟不孕的我行床第之事也是白費力氣吧。

既然丈夫沒性致，我也不勉強。老實說，當我想像著丈夫用舌頭由下往上舔舐這道傷痕之類的畫面時，整個身體都熱了起來。更衣處的大鏡子上映照出我現在的模樣，全身皮膚鬆垮，看起來十分蒼老。我落寞地心想，丈夫已經不會再與我纏綿了吧。

我依舊持續著在走廊上漫步這項運動。點滴已經撤掉了，所以我可以不必麻煩地推著點滴架，反覆往返走廊。等到意識到時，就發現有許多人像這樣在走路。有人像以前的我那樣推著點滴架行走，也有人抓著助行器、步履蹣跚地前進。我在那裡遇見了谷岡芽衣。

在此之前，我曾在檢查室前碰見二十歲出頭的芽衣，有過一面之緣。她似乎也在做術後運動，一副百無聊賴的模樣，信步而行。我與她並肩一同行走，走著走著便開始聊起天來。

得知芽衣也動了腹部動脈瘤手術後，我突然湧起一股親近感。我平常不怎麼隨隨便便與人交談的，大概是醫院這種特殊環境使然吧，因為我們遲早會離開這裡，回歸各自的人生。僅只一時的短暫深交，讓我放鬆心防。

「像妳這樣的年輕人，也會得動脈瘤啊。」我如此說道後，芽衣便回說這是她家的家族病史。

「我奶奶死於蜘蛛網膜下出血；爸爸動過胸部動脈瘤手術。不過，聽說腹部動脈瘤手術比胸部簡單。阿姨，妳知道嗎？」

被叫「阿姨」令我不禁氣得直跺腳。在這個二十歲女孩的眼裡，三十五歲就已經是阿姨了嗎？還是說，我看起來太蒼老了？

不過，個性始終開朗的芽衣，沒有一絲歉疚地談笑風生。若非處於這種狀況，我絕對不會向芽衣這種高中輟學、當飛特族的年輕孩子攀談吧。

芽衣十分介意自己染成金色的頭髮留長後，在頭頂露出天生的黑髮、變成布丁頭的這件事。她的病房位於走廊的另一端，中間夾了個護理站。由於已經快要出院了，所以入住的是四人病房。偶爾會有一名疑似她男友的年輕男子來探病，鼻子、嘴脣都有穿環，我搞不懂這個人的品味。

那男人一來，芽衣便會興奮地大聲喧譁，引起同房者的反感。有時又會在病房大樓休息室與那個男人低聲長談，哭哭啼啼。當男友搭電梯下樓後，她又來到正在進行走路運動的我身邊，開朗地找我聊天。情緒起伏非常激烈。

「那孩子就快要死了。」

遠藤小姐看見從七一一號病房前走廊經過的芽衣後，便如此說道。這話實在太不吉利，是最不適合在這種場所吐出的話語。不過，或許唯有大限已近的她有資格這麼說吧——我如此思忖。

但這句話也令人難以置信。芽衣不愧是年輕人，恢復的速度很快，精神狀態也絕佳的樣子，剛才還情緒激昂、有說有笑地跟我聊天，生龍活虎得連我都嫌煩了呢。

「那是妳看見的幻影嗎？」我故作爽朗地詢問後，遠藤小姐回答：「沒錯。是我看見的幻影——」

三十分鐘後，芽衣從醫院頂樓一躍而下。

我暫時沒跟遠藤小姐交談。

並非是害怕，而是擔心她耿耿於懷的一種體貼之意。憂慮她無心的一句話偶然應驗，會令她鬱鬱寡歡。

偶然——當然是偶然。

遠藤小姐大概是敏銳地感受到芽衣情緒不穩定的心靈吧。不知道埋進芽衣體內的聚酯纖維人工血管怎麼樣了？術前說明時，主治醫生所展示的白色伸縮人工血管，在我的夢裡蛇行蠢動。我想我應該是做了惡夢，遠藤小姐三更半夜來到我的床邊叫醒我。我流了一身冷汗。

「妳還好嗎？」

「嗯。不好意思。」

我拿起床頭的茶杯，啜飲白開水。遠藤小姐慢慢躺回自己的病床，說起她過去所看見的幻影。

最初看見的，是宛如陽燄般晃動的現象。它飄浮在人的右肩上方。這個現象並非出現在每個人的肩上，但確實存在。然後，逐漸化為固定的形體。「就像是硬邦邦的冰塊一樣。」遠藤小姐說。右肩上頂著冰塊的人，在熙來攘往中來來去去。定睛細看，冰塊並非透明，裡頭似乎閃爍著什麼有顏色的東西。遠藤小姐當然以為自己的眼睛出了毛病，於是便跑去看眼科。眼科醫生介紹她轉看其他科，經過各式各樣的檢查後，發現她的腦袋裡有腫瘤。據說那個異常症狀就是腦瘤所引起的視覺障礙。

遠藤小姐動了第一次手術，醫生說能摘除的腫瘤全摘除了。然而，那名醫生的右肩上也飄浮著那個詭異的冰塊。

「我目不轉睛地盯著冰塊，便清楚地理解了那名醫生的心事。那名醫生為了他兒子不上學的事情煩惱不已。」

據說冰塊裡塞滿了那些事情，像是從中溢出來似地，化為非常短暫的瞬間影像，出現在遠藤小姐的面前。遠藤小姐稱之為「那個人的故事」。

動完第二次手術後，她的這種能力越來越精湛，能隨心所欲地解凍冰塊，閱讀裡頭的故事。與此同時，她的惡性神經膠質瘤再三復發。會引發出血的腦瘤大多是惡性的，但遠藤小姐發現腫瘤時，腫瘤已經長到約六公分大，被袋狀囊胞包裹住。癌細胞不知是沿著腦纖維轉移，還是手術時分散的癌細胞隨著髓液流動抵達，一再復發。

神經膠質瘤就這樣在腦內形成後，發展成浸潤性。摘除腫瘤，就代表有可能連同正常的腦細胞也一起摘除。

「所以，動第三次手術時，把受到腫瘤侵犯的腦袋本身取出來了。」

遠藤小姐笑了笑，敲打自己的前頭部。右顳葉被視為功用不大的部位，把前額葉或顳葉與腫瘤一起切除，似乎是常有的事。

「我這裡，是空的。」我凝視著緊緊纏繞住遠藤小姐頭部的白色繃帶。

「可是，那個洞裡面啊——」遠藤小姐一副樂開懷地發出輕微的笑聲。

「塞滿了我看見的幻影。」我們沉默不語。

走廊遙遠的另一端，傳來患者的呻吟。

據說腦瘤的症狀也包括產生幻覺和精神錯亂。我懷疑遠藤小姐看見的幻影，是否屬於這類症狀。然而，我卻如此詢問她：

「我的肩上也有冰塊嗎？」

「沒有。」遠藤小姐立刻回答。「妳的肩上看不見冰塊。」

我鬆了一口氣，身體不再緊繃。

「就我的經驗看來，通常是心懷祕密或嚴重問題的人，肩上才會飄浮著冰塊。」

芽衣明明表現得那麼開朗，難道是默默獨自在煩惱嗎？我又被遠藤小姐煞有介事的幻影之說牽著鼻子走。遠藤小姐接著說道：

「不過，妳先生的肩上倒是飄浮著冰塊。」

我轉頭望向窗戶。微微打開的窗簾縫隙外一片漆黑。照射古城的燈光早已熄滅。

我的體力恢復了，食慾卻不振，這令護理師感到憂慮。

「總之，再努力多吃一點吧。現在攝取食物中的營養，比吃藥還重要。」

我游移著視線，最後停在隔壁病房緊閉的布簾上。護理師循著我的視線凝視那片布簾。布簾內沒有人的動靜。

我自己也不明白為何要如此拖拖拉拉地拖延時間。或許是因為我不習慣自作主張吧。畢竟過去我什麼事都找丈夫和姊姊商量，欠缺決斷力和判斷力。

昨天，我問遠藤小姐：

「妳有偷看我丈夫肩上的冰塊內容嗎？」

我在如此詢問之前，必須再三思索遠藤小姐所見幻影的真偽。不，答案早已揭曉。世上怎麼可能有如此荒誕不經的事。而且遠藤小姐自己也說是幻影了。

然而，我卻被她的話給迷惑，深信不移。可說是鬼迷心竅吧。證實這奇幻迷離說辭的，是遠藤小姐的美。如此美麗之人，怎麼可能說謊。我完全顛覆了以前對美所抱持的想法。或許是因為遠藤小姐的美瀕臨死亡，散發出淒豔的光芒吧。

「沒有。我還沒有看。」

丈夫肩上的冰塊，會流出什麼內容呢？也許根本沒什麼大不了。多半是工作上的煩惱或糾紛這類我不知情的事吧。

「別擔心。我都說到這種地步了，不會隨便解凍的。」

遠藤小姐如此說道，卻婉轉地催促我下決心。

我能待在這間七一一號病房和遠藤小姐身邊的時間所剩無幾。即將出院的患者，通常會移到更大的病房。丈夫前來探病的時間快到了，我終於決定要窺視丈夫的祕密。這個決定是好是壞，我至今仍沒有得到答案。反正自那之後，我便步上了孤獨之路。

我跟在遠藤小姐後頭，下樓來到一樓大廳。

夜晚的大廳冷清寂靜，只有幾名住院患者坐在成排的長椅上。他們用完晚餐，在悠閒的氣氛下輕聲細語地交談。櫃檯和結帳處也拉起布簾熄燈。

我們坐在離門口十分遙遠的走廊長椅上等待。

丈夫走了進來，後面跟著一名面生的女性。丈夫對她使了個眼色，示意就此分別後，那名女性便在大廳的其中一個椅子落坐。丈夫則是往電梯廳走去。

我默默觀察那名女性，看起來與我年齡相仿。不過，她身材高挑、手腳細長。臉上化著淡妝，頭髮也只是在後腦勺紮成一束的簡單髮型，卻有種嫵媚的感覺。她拿出文庫本，埋頭閱讀起來。

看見這副情景，我終於完全相信遠藤小姐所提起的那些離奇古怪的事。我丈夫也愛看書，經常像這樣攤開文庫本閱讀。我心想，這種知性的女人果然比我更適合他。我輕易地接受了丈夫出軌這件事，連我自己都嚇了一跳。我真正害怕的是鳩占鵲巢這件事。最怕丈夫提出想和這個女人在一起，要我成全他們。

我按照事先商量好的那樣，搭乘其他電梯回到自己的病房。遠藤小姐則留在原地。她解凍那女人右肩上的冰塊，讀取裡面的「故事」。

我走進七一一號病房。丈夫坐在病床旁的折疊鐵管椅上等我。「妳跑去哪裡了？」丈夫以未帶絲毫責備的語氣如此問道。

「抱歉，我去了一下洗手間。」我凝視丈夫右肩上方的空間，卻空無一物。

丈夫遞出書店的紙袋。我接過它，終於明白他為何會如此貼心地買女性雜誌給我。幫我洗內衣褲的，會是那個女人嗎？

「妳先生總是和女人一起來這間醫院喔。」

遠藤小姐這麼告訴我。這跟她擁有的奇妙能力無關，只是恰巧撞見兩人同行的畫面。

「如果妳不想知道妳先生的『故事』，我本來不打算說出這件事的。」

不過，我選擇知道丈夫的一切。已經無法回頭了。

幸虧我們夫妻倆平常不多話。丈夫對一如往常簡短的對話並未起疑心，就此打道回府。或許是想趕快跟那個女人享受兩人世界吧。他會去那女人的家嗎？還是會在我們家裡與她翻雲覆雨？我輕撫著腹部的疤痕。丈夫會在那女人光滑無瑕的肚子上射精嗎？明明這幾年來，都沒碰我一根手指頭——

丈夫回去後許久，遠藤小姐才回到七一一號病房。然後說起那女人的「故事」。

我首先得知那個女人名叫小倉洋子。我丈夫任職的銀行融資給一家鐵工廠，她就是那間鐵工廠的老闆娘。丈夫因為融資的工作經常出入鐵工廠，兩人便日久生情，背著老闆小倉暗度陳倉。我丈夫克也倒是連瞞著我的這種麻煩事都省了吧。我還愚鈍得連丈夫微妙的變化都沒發現。

不過丈夫竟然會選擇如此複雜的婚外情，倒是出乎我的意料之外。以丈夫的性格，實在難以想像他會和有夫之婦產生親密關係。但我又懂什麼呢？最不了解男女之情的微妙變化的，就是我本人。

無論是就讀女子高中時，還是就讀位於城山北側的私立大學時，都不曾交往過足以稱之為戀人的男性。不僅如此，男學生還厭惡我的長相與陰沉內向的個性，對我避之唯恐不及。

對方是有夫之婦這一點，倒是讓我有些安心。這兩人會不惜拋棄家庭，也要雙宿雙飛嗎？再怎麼互相吸引，離婚都是十分耗費心力的一項工程。只要我佯裝不知，他們的關係或許會慢慢地自然消滅。我開口提出這個想法後，遠藤小姐說：

「那倒未必。小倉洋子的丈夫已經過世了。」

「咦！」

「因為工廠經營不善，自殺了。」

她唯一露出的左眼，發射出凌厲的視線凝視著我。

我啞然無言。熄燈後點亮的床頭燈，從下方照射出遠藤小姐慘白的面容。

「要不然，她怎麼有辦法每天跟妳的丈夫形影不離。」

遠藤小姐異常紅潤的雙唇，彎曲成詭異的模樣，看起來像是在微笑。這時，我第一次因為感受到她類似惡意的情感而戰慄。

遠藤小姐說我丈夫在樓下的大廳與洋子交談了一會兒後，一起離開了醫院。她趁兩人交談的期間解凍了丈夫的冰塊。我緊咬嘴唇。希望她這麼做的，不是別人，正是我自己。於是，遠藤小姐娓娓道來丈夫與洋子共有的駭人祕密。

洋子十分厭惡愛花天酒地的丈夫小倉。不過，在鐵工廠經營順利時，還是多少睜一隻眼閉一隻眼。小倉利用鐵工廠的營收，做起外送便當的生意。那時，因為接受融資的關係，我丈夫克也負責銀行的融資業務，便開始進出鐵工廠。小倉做什麼事情都不懂得精打細算，因此把會計事務全權交給洋子負責，克也與洋子便熟稔了起來。

便當店經營不善，產生一大筆呆帳而收攤時，洋子得知負責經營便當店的就是小倉的情婦，也發現便當店每日進帳的收人，都被那個情婦挪用來與小倉一起享受奢侈的生活。便當店的倒閉，也留給鐵工廠龐大的負債。那個情婦倒好，拍拍屁股走人，與小倉分手，回到高枕無憂的生活。

鐵工廠的經營也每況愈下。銀行提議裁掉幾名員工，縮小規模。即使如此，依舊無法填補資金缺口。洋子對成天酗酒的小倉心灰意冷，終於與克也發生了關係，據說是兩年半前發生的事。個性原本就正經八百，不懂變通的克也，對洋子如痴如醉。而洋子也拋棄小倉和鐵工廠，渴望成為銀行員的妻子。

想必小倉應該比我棘手吧。因為沒見過世面的我，若是聽到丈夫提出離婚，肯定不知所措，忐忑不安、哭哭啼啼，最後稱了他的意吧。

「所以那兩個人才先把妳放到一旁，想辦法對付小倉。」

「他們去拜託小倉離婚嗎？」

我猜想這句殘酷的話遲早會輪到我聽見，一邊顫抖一邊問道。遠藤小姐搖頭否認。

兩人採取完全不同的手段。克也告知小倉，銀行答應融資給鐵工廠一大筆款項，令原本陷入絕望深淵的小倉感到歡天喜地，並且對克也滿懷感激，殊不知他是個與自己妻子有姦情的男人——只要接受這筆融資，鐵工廠便有望東山再起。

小倉從那天起便戒酒，投入原本的工作。為了得到新訂單，他決定導入新機床，也僱用了技工。老顧主也因此表示願意下訂單。

小倉幹勁十足，簡直判若兩人。也向洋子發誓不再讓她過窮苦的日子、也不會到處拈花惹草。洋子則是冷眼注視著這樣的小倉。就在萬事看起來一帆風順時，克也告知小倉融資一事泡了湯。

當天夜晚，小倉就在鐵工廠上吊自殺。

打從一開始就沒有融資這件事。兩人沒有直接下手，就解決掉了小倉。

「接下來就輪到我了吧。」我在靜謐無聲的病房裡如此詢問遠藤小姐。「如果我不答應離婚，也會被殺掉，對吧？」

「我不知道。」遠藤小姐說。「我只能閱讀過去的故事。不知道未來會發生什麼。」

遠藤小姐只留下這句話，便將纏繞著繃帶的腦袋枕在枕頭上，呼呼大睡。

即使如此，我還是必須感謝遠藤小姐吧。因為若是丈夫突然要我離婚的話，我肯定會心亂如麻。而且，她不僅告訴我情婦的事，甚至把兩人背負的罪狀當作故事說給我聽。丈夫與他的情婦，已化身為惡鬼。

所以，當醫院要我從七一一號病房移到更大的病房時，我鄭重地向遠藤小姐道謝。

「別客氣。」遠藤小姐只說了這句話。

並未說出「我是不是多嘴了？」或「妳今後打算如何？」，而是靜靜地目送我離開。

我也沒對她說「祝妳早日康復」。那時我早已清楚地明白她陷入的病情有多麼嚴重。我想起她繃帶下腦袋裡的空洞，以及填滿那裡的許多人的幻影。她與我同病房的期間，滴食未進。她食用自己腦袋中的幻影維生。

我移去的六人病房與七一一號病房、還有更之前的單人病房位於反方向，因此無法看見古城。

丈夫聽說我快要出院了，看起來也相當開心。他什麼時候會提出那件事呢？說他往後的人生不再包含我。是我出院那天？還是一星期後？一個月後？無論如何，我確實感覺到他與我離婚，並且能和洋子共結連理的日子近了。

「好想趕快回家喔。還是家裡最好。」我說完後，他回答：「就是說啊。」接著離開病房，走向在樓下大廳等待的情婦身邊。

片刻過後，我步履蹣跚地走向電梯廳。然後注視著丈夫搭乘的電梯燈號，依序往下亮到一樓。電梯廳旁邊是護理站。站內只有值夜班的護理師，十分安靜。

「不是有個患者從七一一號病房移到大病房嗎？」

一名靠近窗口的護理師突然開口如此說道。她並未發現患者本人就站在附近。

「對啊。」不遠處的另一名護理師回答。

「那個人是不是有術後譫妄症啊？」

術後譫妄——我有聽擔任護理師的姊姊提過這個症狀。是指接受重大手術後，頭腦暫時陷入混亂，無法掌握自己所處的狀況，脫口說出莫名其妙的話。姊姊說，動完手術經過一陣子後，症狀就會慢慢減輕，不需要擔心。

「嗯。護理紀錄上也寫著她的確有那個症狀。」

「對吧？果然沒錯。」兩名護理師繼續對話。「她隔壁床又沒人，卻老是對著那邊說話。」

「可是移到大病房後，就沒有這種情況了吧。」

「那個人的術後譫妄，持續得還挺久的呢。」

我悄悄離開護理站旁。然後穿過電梯廳，行走在長廊上。

熄燈時間還沒到，七一一號病房卻早已關了燈。我打開房門，走進病房後，伸手按下牆上的開關。明亮的日光燈照耀出整間病房。我搬離後的靠窗病床，似乎還沒有人入住，寢具疊得整整齊齊。靠門的病床，一如往常地拉起布簾。

「遠藤小姐。」

我出聲叫喚。無人回應。我快步走近，一把拉開布簾。

空無一人。和靠窗的病床一樣，只有剩下被單的寢具折成豆腐塊，好迎接下一個患者。我在那張病床落坐。

我並非術後譫妄，這一點我自己十分清楚。因為我從小就經常看見不存在於人世間的東西，會突然就與那一類的存在對上頻率。罹患惡性神經膠質瘤的遠藤小姐，早已因病去世。

然而，因為她太過鮮明美麗，導致我把自己與生俱來的特質忘得一乾二淨。我逐個回想起自己在七一一號病房與遠藤小姐長談過的對話。白色繃帶，偶爾伸手觸摸繃帶的姿勢。紅潤的嘴唇吐出一字一句冷靜著沉的話語。從頭到腳都不屬於這個世界。

不過，我依然相信遠藤小姐的「故事」。

丈夫在我出院半年後，才提出離婚。想必他十分有自信吧。認定即使不使用當時對付小倉的那種粗暴手段，也能不費吹灰之力地逼我離婚。

「我愛上別人了。」丈夫挺誠實的。「我覺得很對不起妳。」

他連忙補上這一句。我想他大概已經做好我會哭得死去活來的心理準備，或是驚慌失措，一發不可收拾吧。

「不要。」我冷靜地回答。以宛如手術後麻醉退去時所感受到的那種位於沉靜湖面下般的聲音回答：「不要，我不離婚。」

丈夫露出哭笑不得般的困惑表情。或許是因為我表現出的反應大出他的意料之外，因此啞然無言吧。

「可是，我已經不想跟妳一起生活了。抱歉。」

「那樣也無所謂。反正我不會跟你離婚。」

丈夫沉默不語。

這半年來，我並未特別煩惱這件事，或是去思考自己今後的人生該何去何從。只是淡淡地過日子，然後自然而然便得出這個答案。我對丈夫莞爾一笑。他一副感到毛骨悚然似地挪開視線。丈夫根據我出乎意料的反應，接著提出希望我跟洋子見個面，打算給我來一記震撼療法。我答應了他的請求。

時序進入十月的第一個星期日，丈夫帶著洋子來家裡。而當時我進入大學附屬醫院住院準備動手術的時候，是初春時分。我沒怎麼感受到季節的變化，等我意識到時，已經更迭了兩個季節。

坐在我面前的洋子，身穿高雅的芥末黃針織衣與外套，搭配碎花裙。妝容比我以前跟遠藤小姐在醫院看見她的時候還更精緻濃豔。是想要把我比下去嗎？根本不需要那麼費心。我依然像個黃臉婆，而且不擅言辭。有別於攤牌後露出本性、厚顏無恥的丈夫，洋子在我面前雙手交疊，低頭道歉：

「太太，真的很抱歉。」她如此說道。「不過，無論如何都希望妳能成全我們。」

當她說出「我們」這個詞彙時，我感受到她透露出些許的優越感。她訴說自己的境遇、與丈夫克也相識的過程，以及強烈想要和克也在一起的理由。假如我沒有事先聽過遠藤小姐的「故事」的話，也許會被她所說的話打動。認為丈夫拋棄自己，想要和這個女人在一起也是情有可原。

「我丈夫自殺了。」洋子說。「因為工廠經營不善，將他逼上了絕路。」洋子拭淚。真的潸然淚下。

「我當時很難過。是克也支持著我，給予我力量。」

她再次拿起折疊整齊的手帕觸碰眼角。

「是呀，我想也是。」我回答。「我明白。」

我發現丈夫露出鬆了一口氣的表情。

「妳先生是在鐵工廠上吊過世的吧。把繩子掛在入口處一進來左手邊的鐵梁上。那裡是空下來要放新機床的地方嘛。」

並肩坐在我面前的兩人，倒抽了一口氣。我冷靜地說出從遠藤小姐的故事中得知的事情。

「妳先生傻傻地相信融資的事，受騙上當後陷入絕望了吧。他過世時還穿著妳買給他的襯衫。沒想到自己的太太夥同別人，設計把自己逼上絕路——」

洋子的臉色瞬間刷白，然後開始不住地顫抖。顫抖到非得讓我丈夫從旁邊支撐住她不可。丈夫的臉色也蒼白如紙。

「妳怎麼會知道這種事——？」洋子好不容易才吐出這句話。

我溫柔地微笑道：

「因為妳先生就站在妳身後啊。脖子還纏繞著繩索。」

洋子昏厥了過去。

我並非好巧不巧就正好看見幽魂。我說洋子背後有她死去的丈夫，是故弄玄虛的。即使不這麼做，我也很清楚遠藤小姐告訴我的都所言不假。

不過，我的威脅足以嚇得兩人渾身發抖。丈夫不再提起離婚的事，仍持續與洋子維持這段關係。我已經天不怕地不怕了。無論是丈夫離開我所產生的孤獨，還是因為拒絕離婚可能會遭遇不測的預感，都不足為懼。

丈夫到洋子家過夜的次數越來越多，漸漸也不再回家。我能理解他的心情。他並非是強烈地渴望與洋子生活，而是覺得跟我在一起太可怕。

所以，當那年秋天傍晚，我買完東西回家、路過一間新建中的房子旁時，鐵製的鷹架倒向我，在那個瞬間我也沒有特別感到吃驚。因為沒有逃跑的意思，所以甚至沒有移動腳步。

睽違已久回家一趟的丈夫說想要吃火鍋，要我出去買東西，以及在鷹架倒下前，我似乎看見我丈夫這兩件事，我決定當作是自己多心了。巧妙地搭建在兩層樓房屋周圍的沉重鷹架，氣勢洶湧地倒向我。我被夾在腳踏板與鋼管之間。頭部受到重創。

我從鷹架下面被救出時，還保有些微的意識，知道雙耳流出黏稠的血液。

我保住了小命。

丈夫開始與洋子同居，已經不再逼我離婚。他會乖乖付我生活費，但不想再看見我的臉。

那件意外害我又得住院兩個月。由於頭部受創，導致聽力衰退。醫院訂做了助聽器給我，但總是出毛病。

從此以後，我的耳中就棲息著螃蟹。

醉芙蓉

醉芙蓉

醉芙蓉

「愛麗絲、愛麗絲！」

我推開面向木造露臺開啟的雙開落地窗，朝庭院吶喊。喉嚨深處湧起一口苦澀的凝結物。我有種不祥的預感——我家的愛麗絲鮮少自己跑到庭院。然而尋遍家中各處，依然不見牠的蹤影。

我走下露臺，來到庭院，到處查看樹下、花圃內、倉庫後方等地，還是沒找到。我趴下，定睛細看泥土上是否有留下牠的足跡，然而並沒有。我緊咬嘴唇。剛才用吸塵器時，不小心弄倒了花瓶，貓正好就位於花瓶下方。

極度討厭身體淋濕的愛麗絲，淋了一身花瓶的水，「喵！」地驚叫了一聲，跳了起來，鑽到沙發底下。我以為牠一直待在那裡沒動，然而並非如此。在我清理掉到地板上摔個粉碎的花瓶時，愛麗絲便不知去向。

驚嚇不已的愛麗絲，從打掃期間敞開的窗戶跑到室外，就這麼穿越庭院……

「愛麗絲！」

我走出鐵門，來到屋外。騎著自行車迎面而來的男高中生急忙輕輕轉向，是被我這個臉色大變的中年婦女給驚嚇到了吧。愛麗絲應該還沒有跑遠。我小跑步探頭窺視綠籬下方和看板後方，在住宅區中奔走。看見一隻貓便跑過去，然而卻是與愛麗絲的品種美國短毛貓截然不同的野貓。

離家很遠後，才想起沒鎖門。不過，現在哪還管得了那麼多。我加快腳步，甚至還跑到幹線車道那邊了。這時我的內心已充滿絕望。貓到底跑到哪裡去了？我面向四線車道，佇立不動。

突然響起尖銳的剎車聲。似乎是一名騎著自行車的老人試圖在沒有斑馬線的地方過馬路。卡車司機破口大罵。我顫抖著膝蓋，以傀儡般的生硬動作離開現場。要是愛麗絲跑到這裡來的話？很有可能衝到馬路上被車子給輾過。駭人的想像令我指尖發冷。

我再次咒罵自己粗心大意，囈語般地呢喃著「愛麗絲」，返回來時路。搞不好會在愛麗絲喜歡的老地方坐墊上，發現牠的蹤跡。我懷抱著一絲這樣的期待走進家中。然而，坐墊卻呈現出凹陷成貓身形狀、主人不在的冷清模樣。

我再次仔細尋遍家中各個角落，最後癱坐在沙發上。依然敞開的窗戶流進秋暮的氣息。我怔怔地眺望著摻雜些許金黃色的幽暗，沉澱於屋內的景象。不經意轉頭望向庭院後，便看見醉芙蓉樹立在眼前，樹上盛開著無數的深粉紅花朵。

「沒多久牠就會自己跑回來了吧。」芳洋的視線落在晚報上這麼說道。

「你說得倒輕鬆——」丈夫毫不緊張的態度，令我啞然無言。「貓很容易走失的。而且那孩子品種特別，也可能是被人抱走的！」

和芳洋說話時，我特別把貓給擬人化了。獨生子聰一郎就讀縣外的一所國高中一貫的私立高中。一年只回家幾次，回來也只顧著玩電腦和打電動，鮮少與母親說話。我已經放棄了，心想男孩子就是這副德性吧。所以對我而言，愛麗絲就宛如我的小女兒一樣。

「搞不好在哪裡受了傷，動彈不得……」

我大聲吼叫，隨後又淚眼汪汪。芳洋嘆了一口氣後望向我。

「總之，先觀察個兩、三天看看如何？」

「也好。」我的心情總算平靜下來，開始收拾碗盤。「之前不見的時候，也是別人家幫忙照顧的。」

我像是說服自己似地如此說道。芳洋沒有回答，又繼續看他的晚報。我一邊將兩人份的餐具放到洗碗機中，一邊用眼睛追隨從餐桌移動到客廳的丈夫。

愛麗絲是芳洋送給我的禮物，當作我們結婚十五週年的紀念。一點兒都不機靈的丈夫，不可能主動提起這種事，算是我吵著要他買給我的吧。我硬是把丈夫拉出家門，逛了好幾家寵物店，終於找到我看上眼的美國短毛小貓。

芳洋對貓沒什麼興趣的樣子，愛麗絲來家裡後，他的生活態度也沒有太大的變化。感覺就是苦笑著旁觀生活完全以貓咪為中心的我。身為國中理科教師的他，個性正經得一板一眼，在妻子的眼裡看來，也認為他對許多事情都冥頑不靈。

他大概有自知之明吧，只要我提出的要求別太過分，他都不會反對。我們這樣的關係維持了將近二十個年頭，相處起來很自在。丈夫個性並不外向，由於有輕微的色盲，因此沒有考駕照，當然也無法開車兜風。工作是他唯一的生存價值，或許連跟妻子吵架都嫌浪費精力。

不過，話雖如此——我心想。

上次愛麗絲不見時，他還努力用心地幫我找。不僅騎自行車在附近繞了一圈尋找，也是他提出要在免費報紙的「尋狗、尋貓」專欄上刊登協尋資訊的。是因為這次是第二次走失的關係嗎？他的態度十分沉著。我對這樣的丈夫心懷不滿。無論是第幾次，愛絲麗走失都是事實。但芳洋似乎覺得沒什麼好緊張的，認為愛麗絲會像之前那樣平安無事地歸來，但我就是擔心得無以復加。事到如今，我已經無法想像失去貓的生活了。

過了五天，愛麗絲還是沒有回來。芳洋的反應依舊平淡。我終於按捺不住，走訪附近的住家尋問。其中一名鄰居用電腦幫我製作尋貓啟示。正確來說，是那位鄰居的女兒擅長這方面的技術，她用愛麗絲的照片幫我製作精美的傳單。

「我女兒家養的狗也是靠貼傳單找到的。愛麗絲這隻貓可愛又顯眼，發現牠的人一定會打電話過來的。」

鄰居還幫忙我在附近張貼了三十張左右的傳單。不過，芳洋看見傳單後，卻蹙起眉頭。

「別隨隨便便公開我們家的電話號碼啦——」

想當然耳，傳單下方印著大大的「有田」這個姓氏和電話號碼。丈夫低喃的這一句話，令我胸中燃起一把無名火。

「那找到愛麗絲的人是要怎麼跟我聯絡？之前不也在免費報紙上刊登過電話號碼嗎？」

見我怒氣沖沖的模樣，芳洋略微彎下嘴角，沉默不語。看免費報紙的不特定多數人，通常只會草草看過，但是貼傳單的話，會受到整個地區的注目。或許他有他的道理，認為曝光資訊很危險，但我現在無法顧及這些。

丈夫不再開口。我把視線從他身上移開後，再次陷入沉思。腦中掠過的盡是些不吉利的事。比如說，牠是不是被車子輾過；是不是被野狗追逐，奄奄一息；是不是被缺德的寵物業者捕捉，轉賣給別人家等狀況。就算牠偷偷在某處生活好了，畢竟是一直養在家裡的家貓，不可能像野貓那樣有辦法在野外存活。愛麗絲即便長成成貓，也還是小型貓。這一點很可愛，但如今牠貧弱的軀體卻成為我擔心的源頭。

這座城市在平地的正中央聳立著一座頗高的城山。城市以古城為中心發展至今。建造我們的住家時，丈夫看上的是這裡徒步就能到達城山。興趣算是觀察野鳥的他，經常登上城山。倘若愛麗絲是迷失在那片深邃的森林之中呢？

芳洋說他在城山中連一隻野貓的影子都沒看見……我嘆了一口氣。

傳單的效果還不錯。隔天就有人打電話聯絡。不過六通電話都是「在某處看見」或是「跟鄰居家養的貓十分相似」這類不確定的消息。即使如此，我還是向對方道謝，並一一記下。我親自去目睹的場所或飼養貓的地方查看，結果不是現在已不見蹤影，就是飼養的是其他的貓。

每次接到這種消息時，我都懷抱著微薄的希望，然後一再地失望。我漸漸身心俱疲。看我緊守在電話旁等待貓的消息，芳洋便對我說「再買一隻不就得了」，這讓我不禁激動地反駁：

「我不要別的貓！我就要愛麗絲！」

芳洋聳了聳肩離開。我覺得自己有點偏執了。但是也認為丈夫擺出這種態度，難怪自己會情緒不穩定。為什麼丈夫能那麼輕易地說出再買一隻貓這種話？之前愛麗絲走丟時，明明有感受到他非找到愛麗絲不可的幹勁。我還以為他跟我一樣，對愛麗絲有著深厚的感情。這種落差也是擊垮我的原因之一。

只有短短四、五天內有人打電話提供貓咪的消息，之後便無聲無息。當我心想傳單的效果也到此為止、快要放棄的時候，接到了一通電話。

「喂？請問是有田家嗎？我看見尋貓啟示的傳單——」

是男人的嗓音，說話十分乾脆俐落。

「是的，謝謝您來電。請問您是在哪裡看見我家愛麗絲的——」

「不，您誤會了。」

男人自稱是專門尋找寵物的業者。

「專門尋找寵物的——？」

我不知道還有這種行業。「或許能幫上您的忙，因此想詢問您的意願。」男人客氣地提出請求。我考慮了一下，最後報上自宅的住址。丈夫或許又要叨念我思慮欠周了，但是在他不協助的現狀下，我也只能抓住這根救命稻草了。

上門拜訪的男業者，在玄關遞出名片。上頭印著「代客協尋走失寵物」這句話，下方標明著

『米奇寵物服務』。

「敝姓高橋，專門尋找走失的寵物。」

男人指著衣服胸前的名字刺繡，如此說道。宛如制服般的服裝，看起來只像是掛在專賣店裡的工作服。我帶領高橋來到客廳。我對他還半信半疑，打算問個仔細，若是覺得可疑就當場拒絕。我一坐上沙發，便開口詢問：

「所以，貴公司是採用什麼方式來找？」

根據高橋的說明，他會先詢問市內的垃圾焚燒場和寵物喪葬業者，看有沒有人把符合的貓狗屍體帶來。雖然這麼說很觸霉頭，不過他說走失的寵物有很高的比率會死於意外或疾病。我明白為了省去不必要的勞力，這是較有效率的方式。我想像愛麗絲可能也會遇到這樣的情況，便渾身發抖。接下來就是從愛護動物之家領養動物的ＮＰＯ非營利組織下手，或是大範圍打聽消息。

「你有靠這種方式實際找到寵物過嗎？」

「當然有。我們公司成果還挺豐碩的。從事這種工作，手上自然會握有自願照顧走失貓的志工或是個人照護者的名單。下落不明的貓意外地還滿常在那種地方找到的。」

這間公司應該沒有大到足以稱之為「我們公司」吧。搞不好是這個人單獨創立的公司。我想是這麼想，但還是挺心動的。若是愛護動物之家倒也就罷了，我可不敢一個人前往實施安樂死的市內設施或垃圾焚燒場。當高橋開始說明費用時，我已經決定要委託他了。

「那麼，方便借我幾張愛麗絲的照片嗎？」

在我了解費用，表示明白後，高橋這麼說道。我將事先早已準備好的照片交給他。

「牠背後的這個部分看起來很像漩渦對吧？那是這孩子的特徵。」

我還說出牠怕水的個性，表明這是導致牠這次下落不明的原因。高橋認真地記下這些事。

「這次是牠第一次不見嗎？」對於這個提問，我回答：「今年五月也走失過一次。」高橋希望我詳細說明當時的事，表示有可能成為這次搜尋的線索。

「當時我也很擔心，因為牠兩個月都沒有回來。後來得知牠迷路，跑到城山另一頭的育幼院，暫時被那裡的人飼養。」

我希望這次也是同樣的情形，但經過確認後，對方表示愛麗絲並沒有跑去他們那裡。我回溯記憶。當時看到免費報紙的人提供了不少消息，但是獲得正確消息的，卻是我丈夫芳洋。

他在時常光顧的小藥局，不經意地提起愛麗絲走失的事。結果店長告訴他自己可能知道貓的下落。據說店長的太太在城山另一頭的育幼院「若鮎園」服務，有隻迷路跑到那裡的貓，似乎就是美國短毛貓。我立刻打電話到若鮎園，確認過的確是愛麗絲沒錯，便飛奔過去接牠。

然而，就在被若鮎園飼養了兩個月的期間，愛麗絲變得很黏園裡一名智能發展有些遲緩的小男孩。我跟丈夫一起去迎接牠時，小男孩就帶著愛麗絲逃進城山，這讓我心生嫉妒。

沒錯。當時我並未特別拜託芳洋，他卻主動和我一起去若鮎園。好不容易要回愛麗絲後，他若無其事地檢查愛麗絲的身體，似乎很關心牠有沒有變瘦、受傷。跟這次完全截然不同。

「當時牠也被潑到水了嗎？」

聽見高橋的提問，我「咦？」了一聲，將頭抬起。

「您說這次愛麗絲是因為全身淋到水，嚇得逃出家門對吧。當時也是同樣的狀況嗎？」

「不，這個嘛……」

我回答我不清楚當時的狀況。因為愛麗絲不見時，我並不在家。當時我和大學時期的朋友去三天兩夜的溫泉旅行。回到家後，芳洋便一臉鐵青地告訴我愛麗絲不見了。

丈夫大概覺得是他的責任吧，所以上次才會那麼拚命地到處尋找。聽高橋這麼提起，我開始挖掘記憶的深處，當時我回到家時，芳洋看起來十分憔悴。肯定是因為獨自煩惱而感到焦急吧。我想起自己儘管受到打擊，還是叮囑自己不可過於責怪丈夫。

當我告知芳洋我僱用專門業者來尋貓時，他毫無反應；但是當我追根究柢地詢問上次愛麗絲不見時的狀況後，他倒是明顯怫然不悅。

「當時愛麗絲也被潑到水了嗎？」我如此詢問後，他突然勃然大怒：「那跟這次的事情有什麼關係啊！」然後猛然回過神，目不轉睛地盯著我的臉。因為我被嚇得目瞪口呆，因此兩人沉默了片刻，只是注視著彼此的臉。

「我並不是在責備你。」我搖了搖頭，聲音微弱地回話後，芳洋也向我道歉：「抱歉。」

「只是啊，聽說會有助於這次的搜索。」

「沒有潑到水。只是等我發現的時候，愛麗絲就已經不見了。」

芳洋說了這句話後，藉口他尚有工作未完成，便走進了書房。七年前，我們稍微逞強地蓋了這棟隔間較寬敞的房子，庭院面積也很寬闊。為了享受四季美景，芳洋親自選擇花草果樹來種植。室內也配合丈夫的喜好來裝潢。壁紙和家具也是他一一提出意見，然後我們兩人一起去尋找或拜託業者處理的。

當時真是快樂啊。那個時候聽一郎還年幼天真，同時也是聽一郎要開始準備考試的時期。不久後，兒子離家求學，我便突然整個人鬆懈了下來。過了一陣子，芳洋那邊也起了變化。兩年半前他調職到新的國中，與那裡的教務主任水火不容。教務主任以先前也教過理科為由，強烈否定芳洋的教育方針，讓他的教師評鑑降到最低等級。

教務主任的個性獨善其身又激動易怒，聽說也有教師與他發生衝突而辭職。不過，本性認真又溫順的芳洋，就沒膽子那麼做。說得現實一點，在還有幾十年房貸要繳的狀態下，他不能失去工作。因此他累積了不少壓力，脾氣變得暴躁也是事實。曾經埋首於工作的丈夫，對教學突然失去了熱情。

為了排遣壓力，芳洋頻繁地去爬城山，熱衷於觀察野鳥。我想這也是一種轉換心情的方式，便沒有過問。如今好不容易消停下來的樣子，但悶悶不樂的丈夫對身為妻子的我也十分見外。是愛麗絲填補了我當時的寂寞與不安——

手機在餐桌上響起。聽來電鈴聲，便明白是我大學時代的朋友多香子打來的。

「喂？」

「幸代？找到貓了嗎？」

我已經向多香子提過愛麗絲不見的事。她打電話來關心。

「還沒有。」

「這樣啊。到底跑到哪裡去了呢。」

住在遠處的她，經常與我煲電話粥。是能彼此傾訴煩惱、大發牢騷、互相歡笑的珍貴存在。我再次把愛麗絲走失後的事、丈夫不管不顧的反應，以及委託專門業者搜尋等事告訴她。多香子很有耐心地傾聽我訴說，這下子我心情應該會好一點吧。

「對了，妳還記得上次愛麗絲不見時的事情嗎？我們五月不是和小薰三個人一起去D溫泉嗎？是泡完溫泉回來後發生的事。」

「沒錯沒錯，妳當時也有打電話給我，聲音聽起來就像是世界末日來臨的樣子。」

多香子約我和另一個好朋友小薰去享受溫泉旅行。返家後得知愛麗絲不見的消息時，我也撥了電話給多香子，像現在這樣將詳細情況告訴她。她是我們三人當中最冷靜、最值得依靠的人，記憶力又強。

「當時我跟妳說的事情，妳還有印象嗎？」

業者說那些資訊很重要。我如此補充說明。

「我想想喔……」多香子陷入沉思。「我記得妳說妳先生盡心盡力地在幫忙找。」

「是嗎？」我連這種事都說了嗎？看來愛麗絲不見，讓我心亂如麻吧。我不記得在電話裡和多香子說了些什麼。

「旅行回來是晚上吧？妳說妳把行李扔在客廳，哭了起來，是妳先生拿著手電筒在庭院裡到處尋找。」

我將電話抵著耳朵，走近客廳的落地窗。輕輕拉起蕾絲窗簾，從縫隙眺望漆黑的庭院。客廳的燈光勉強能照射到的地方，可看見醉芙蓉樹。上頭的花呈現鮮明的紅色。這花在白天明明綻放的是白色花朵，一過午後便漸漸轉成粉紅色。然後到了夜晚，紅色就變得更深。據說正是因為這副情景就像是喝了酒一樣，才取名為「醉芙蓉」。隔天清晨，花朵就會凋萎，花期僅只一日。

我靈光一閃。腦海裡宛如影片倒轉一般，浮現通過醉芙蓉樹旁，照向自己的手電筒燈光。

「那棵樹是怎麼回事？」

如此問道的人是我。愛麗絲五月走失時，我在旅行歸來後發現家中庭院種了這棵樹，那時樹上尚未開花。當時芳洋解釋花的特性，說是在我外出時種植的。我肯定沒有認真聽他說明，因為我滿腦子想的全是愛麗絲。不過，這棵樹確實是當時種下的。

「啊啊，對了。」多香子的聲音再次把我的注意力拉回電話中。「過了幾天，妳是不是說有刑警來找妳先生啊？」

我完全沒有印象。

「就是那件事啊。聽說他在以前的學校教過的女學生突然失蹤了。所以警察到處去找相關人士問話。妳先生不是回答他完全沒有頭緒嗎？」

我再次定睛凝視著在黑夜浮現的醉芙蓉花。此時一朵鮮紅的花朵落地，彷彿象徵著凶兆，我因此移開視線。

『米奇寵物服務』的高橋聯繫我說愛麗絲尚未找到。

「沒有一處有收到疑似愛麗絲的屍體。」

高橋急忙掛斷了電話。他打這通電話是要我放心，起碼沒收到愛麗絲的死訊嗎？之後，我和芳洋只隨便閒聊了幾句。我沒有勇氣提起五月發生的那起女高中生失蹤事件。感覺有根小小的刺，從內側刺痛我的心。

刑警找上家門時，丈夫對心懷疑慮的我是這麼說的。可能是因為春假來家裡玩的學生中也包含了那名女學生吧。芳洋教過的幾名國中畢業生，以前的確曾上門拜訪。我回想起自己對其中一名女孩子抱持著奇妙的印象。

她以熾熱濕潤、尖銳凶狠的視線凝視著我。不過當我直視她，她又飛快地挪開視線。我感受到一股難以言喻、非比尋常的痴狂情緒。

過了一陣子後，警察決定公開搜查，新聞和報紙都登出了失蹤高中生的大頭照。果然是那個女孩。

「她的家庭環境很複雜，精神方面極為不穩定。之所以會失蹤，恐怕也是基於這些原因吧。」芳洋的弦外之音是意指她離家出走。

少女始終沒找到，刑警又上門問了兩次話。我心想，要是沒叫她來家裡，就不會捲進這種麻煩事了。我擔心若是芳洋目前任職的學校得知了警察的動向，之前提到的那個陰險的教務主任可能會盯上他。不過，由於毫無頭緒的關係，警察應該也很困擾吧。

那女孩至今仍未尋獲。沒多久，她下落不明的新聞便從版面上消失了。加上愛麗絲平安歸來，我便把這件事給忘得一乾二淨。不過，像這樣一點一點回顧記憶後，我發現五月旅行返家時的變化，不光只有醉芙蓉。就連鋪在客廳中央的圓形地毯也換了。

「我去百貨公司閒逛時，看到花樣漂亮的地毯，就一時衝動買了下來。」

芳洋這麼解釋。我為什麼會接受這麼不自然的說辭呢？之前的地毯是短短幾個月前才購入的。他還因為終於找到米色與褐色統一得很雅緻、色調與客廳十分搭配的地毯而欣喜若狂呢。

那條素雅的變形蟲花紋短毛地毯，不易沾染貓毛，也滿足了我的期望。新地毯雖然以米色為基調，但是花紋設計得很雜亂，令人看了眼睛都花了。

「之前那條地毯呢？」我如此詢問後，芳洋很乾脆地回答：「扔了。」我也只能回他一句：「真浪費。」這種事情根本無關緊要。與當時愛麗絲不見一事相比，我認為這只是件芝麻綠豆大的小事。

走失的貓、拚命尋貓的憔悴丈夫、被換掉的地毯，以及醉芙蓉樹。自己未免也太不敏銳了吧。某種想法開始逐漸成形。散落的拼圖碎片正打算各自歸位，我卻硬是不敢正視那朦朧的思路。

而且從自己口中吐出的嘆息過於寒冷，令我渾身打顫。

高橋又聯絡我了。這次是好消息。在他不斷打聽愛麗絲的消息下，得知先前在若鮎園十分疼愛麗絲的小男孩，似乎在城山中飼養著什麼動物。

「搞不好是愛麗絲。」

高橋聲音雀躍地如此說道。我不禁欣喜萬分，認為這可能性非常之高。我從那名少年手中將愛麗絲抱過來時，他以凌厲的眼神望向我。然後對著我懷裡的愛麗絲，在牠耳旁呢喃細語。

雖然我不認為愛麗絲聽得懂他的話，但牠十分有可能再次潛入短暫棲身過的若鮎園。那個小男孩也許是為了不讓愛麗絲再被人搶走，就偷偷把牠養在城山的森林中。

「上次我有跟那個去山上玩耍的小男孩說話——」高橋說他實在是不得要領。這也難怪，因為他並不知道小男孩有智能障礙，無法隨心所欲地表達自己的意思。

「我問他要去哪裡，小男孩結結巴巴地說『要去見朋友』。」

不會有錯。愛麗絲肯定在城山裡。

高橋在四天後上門拜訪。都不知道我等得望眼欲穿，我興奮地把高橋請進家中，心想他是否已經把愛麗絲帶了回來，然而我的願望卻立刻破滅。高橋的模樣明顯有異。從他充血的雙眼和忐忑的舉止，看得出他十分害怕。

這是為什麼？到底發生什麼事了？

「太太。」高橋聲音沙啞地說道。「很遺憾地，我並沒有找到愛麗絲。」

「怎麼會——」我啞然無言。「你有把城山的森林仔細地搜個清楚嗎？」
沒想到我說完這句話後，高橋竟然全身僵硬，身子微微顫抖。
「不在。牠不在那裡。」
「那麼，那個小男孩呢？他在山裡養了什麼？」
「我不知道。」高橋立刻一口咬定。「我不知道。我不知道那玩意兒是什麼東西——」
「那玩意兒？」我完全無法掌握高橋想表達的意思。那麼，少年是在那片森林裡飼養其他生物嗎？究竟是什麼生物呢——？
「總之——」高橋打斷我的思緒，連忙接著說：「我無法繼續接受搜尋愛麗絲的委託。非常抱歉。」
高橋迅速低頭道歉後，就朝玄關走去。
「請、請等一下！」
我連忙追上去。他表示不會收取任何先前在搜索上所花的費用，急忙穿上鞋。
我只能茫然地凝視「啪噹」一聲關上的房門。
一年的歲月過去，庭院的醉芙蓉花又開始綻放。
我好想念愛麗絲。想撫弄牠那身天鵝絨般的毛髮；想感受牠在我腿上的體溫；想用手指描繪牠背上的漩渦花紋；想聽聽牠撒嬌的叫聲。這一年來，我滿腦子想的都是這些事。

失去之後我才恍然大悟，那隻聰明的貓將一切都看在眼裡。牠第一次走失時，我就該頓悟了。然而我卻太過遲鈍，所以愛麗絲才會又隱匿蹤跡——即使我再怎麼渴望見到牠，也永遠見不到牠了吧。愛麗絲離去後，我的心開了一個空虛的大洞。如今洞裡溢出了黏稠的不明液體。

其實我一年前就知道了，只是我內心始終拒絕承認。去年冬天到春天，丈夫之所以再次熱衷於觀察野鳥，並非是因為煩惱與教務主任之間的人際關係。那不過是個契機。

事實是因為芳洋與一名女學生過從甚密。正是那名失蹤的女高中生——名字叫——沒錯，相原杏子。怪不得她上門作客時一直凝視著我。我萬萬沒想到，正經無趣，除了觀察野鳥外沒有其他值得一提的興趣、只顧著工作的芳洋，竟然會沉溺於這種危險的桃色關係。明明我看穿這點的機會比比皆是——

丈夫以觀察野鳥為藉口，頻繁地去爬城山時，模樣很詭異。看起來戰戰兢兢卻又莫名激昂的樣子。我還一心以為他是在為職場之事煩惱，也曾懷疑他是否快要得躁鬱症了，畢竟因為心病而停職的教師在現代社會並不足為奇。我當時還為了這種八竿子打不著邊的事情操心過。

刑警三番兩次上門問話，詢問是否曾在城山見過杏子。公開搜查時，新聞報導提到相原杏子也經常去爬城山，因此警方在山中展開了大規模搜索。刑警們離開後，丈夫六神無主地躲進書房中。

我的腦海浮現出一個畫面。我曾在丈夫更衣時，看見他背後有奇妙的內出血痕跡，看起來像是齒痕。當我浮現這個想法的瞬間，又馬上否定，心想怎麼可能。

那或許是他外遇的對象留給我的訊息。若我猜測得不錯，對象非她莫屬。在城山偶然相遇的兩人，是否跨越了不該跨越的那條線？對芳洋而言，恐怕也有逃避現實的意義存在吧。若是新的教學現場過得充實，勢必不會鬼迷心竅吧。那肯定是他這輩子第一次嚐到刺激又興奮的經驗。不習慣遊戲人間的芳洋，完全無法自拔。

我啃咬指甲。

芳洋手段沒那麼高明，不可能駕馭得了不知天高地厚的女高中生。尤其是那女孩——有種特別的氣息。芳洋越來越虛脫，宛如身體被掏空一樣。畢竟是跟學生搞外遇，不可能斷得一乾二淨。一定會糾纏不清，遲遲分不了手。

於是——

那天來臨了。我外出不在家的那一天。

無非是芳洋叫杏子來家裡，打算把話說清楚，或是女方闖進家門。可以確定的是，應該是一時衝動犯下的事件。我的丈夫殺了杏子。大概是使用銳利的刀具殺的，飛濺的血液弄髒了地毯。不幸的是，愛麗絲就在女孩的腳邊。被溫熱的血液濺滿全身的愛麗絲，驚嚇得衝出家門。

芳洋目睹了被血濡濕的貓逃跑的畫面，所以才拚命地尋找愛麗絲。因為貓毛上沾染的是杏子的血液，那正是芳洋犯罪的證據。找到愛麗絲，前往若鮎園帶回時，芳洋之所以會仔細地檢查貓的身體也是基於這個原因。園裡的幼保人員見狀，像是突然想起似地如此說道：

「這孩子跑到我們園裡時，身上有好幾處褐色的斑點。我們幫牠用熱水擦拭乾淨了。」

我若無其事地佯裝沒聽見這句話，但這句話對丈夫而言意義重大。把愛麗絲帶回家後，我立刻使用平時不需以熱水沖洗的泡沫清潔慕絲，將牠的身體清理乾淨。當時也一樣。說起來，愛麗絲的短毛根部附著著褐色的顆粒狀物體。我萬萬沒想到那是血液，因此仔細地幫牠清除乾淨了。

我再次啃咬起指甲。

我也可以把一切都當作是自己的妄想，拋諸腦後。不過——

我從椅子上站起來，來到走廊。打開樓梯下儲藏室的門，拉開小型櫥櫃的抽屜。裡頭放著好幾條愛麗絲的項圈。每當牠成長，我就會幫牠買一條新的，感覺就像是愛麗絲從小到大的成長歷史，因此我一條也沒丟，好好地收藏起來。

我抽出其中一條。當愛麗絲回來後，我就立刻換掉那條不吉利的項圈。連那條我也還留在身邊，想必芳洋並不知道這件事吧。我來到明亮的走廊，把黃色項圈翻過來，呈現起毛狀的背面有褐色的汙漬，我目不轉睛地凝視著那片汙漬。

倘若這被斷定為杏子的血液的話——？

只要做ＤＮＡ鑑定，知道是誰的血液也是輕而易舉吧。明明很清楚現在家裡就只有我一個人，我還是猛然抬起頭，環顧四周，然後連忙將項圈歸回原處。關上抽屜的手還不停地顫抖。

我坐在客廳的沙發上，緩緩巡視整個房間。小花圖案的窗簾、義大利製的沙發組、掛在牆上的雅緻靜物裱框畫。為了家人所準備的舒適場所。我該存在的地方只有這裡，我該守護的事物顯而易見。

所以，別去追問丈夫了。錯就錯在那女孩不該誘惑我純真的丈夫，獻出她青春的肉體。

我將視線移向庭院裡的醉芙蓉。現在是上午，白色的花瓣開始染上淡淡的粉紅色。去年五月，在我外出旅行的那三天中，芳洋一時衝動殺害了杏子，當時肯定是手足無措吧。面對屍體該有多麼頭痛，沒有駕照的芳洋，只能把屍體埋在庭院。在夜晚的客廳燈光勉強能照到手邊的場所挖洞掩埋，然後為了遮掩庭院被翻掘過的痕跡，才買了醉芙蓉樹回來種。

我想杏子的屍體，如今也依然埋在醉芙蓉之下，被變形蟲花紋的地毯給捆著。醉芙蓉花之所以會變紅，是不是因為吸取了杏子的血液呢？丈夫每天是以什麼樣的心情，看著醉芙蓉花轉紅呢？

不過，我也是共犯。必須忍耐著每年秋季醉芙蓉盛開時，對我們的罪行所展開的告發，在這裡繼續居住下去。

我迅速地抬起視線仰望城山。

——我不知道那玩意兒是什麼東西。

高橋的聲音殘留在耳朵深處。

唯一目睹恐怖事件的愛麗絲，應該不會再回來了吧。全身承載著自己飼主達到犯下殺業的能量，以及遭殺害女子的恨怨，在無邊無際的森林中化成了不同的生物。

幫助愛麗絲變異的，是那名有智能障礙的小男孩嗎？

前陣子，市內發生了火災，一名小學男童命喪火場。就是那個在若鮎園十分寵愛愛麗絲的孩子。據說企圖拯救他的幼保老師也身受重傷，而且這個老師正是藥局老闆的太太。我看著新聞，不住地顫抖。恐怖的事件接踵而來，命運在威嚇我們片刻都不能忘懷我們夫妻倆所背負的罪過。

失去年幼的保護者，變得孤零零的愛麗絲將會如何呢？

可是我已無法再踏足那裡了。而芳洋依舊持續爬上城山觀察野鳥。

「你最好別再去了。」我委婉地規勸，但他也聽不進去，好似著了魔般往返那片森林。然後，眼神恍惚地對擔心的我說道：

「那裡肯定有稀世珍鳥。我想見識見識。目前我只聽過牠的叫聲，是這樣叫的。」

然後，他開始模仿鳥鳴聲。

「吱吱吱吱！」

我打從心底發毛。

小鳥才不會發出這種聲音——大概吧。

白花

白い花が散る

凋零

白花凋零

我的腦袋不好。

並且老早就有自知之明。國小、國中的成績經常是倒數前幾名，高中讀不到一年便中輟。在那之後，我工作也一副愛做不做的樣子。不對，說是遊手好閒會比較貼切吧。賺到玩樂的錢後就馬上辭職，等到錢都花光了只好再去工作，類似這種感覺。

年過二十時，我才後知後覺地醒悟不能再這樣下去了。所以，我還滿認真地在找工作。

之所以會當高空作業員，純粹是因為很帥氣罷了。我憧憬高空作業員那寬寬大大的燈籠褲工作服。遮住腳踝的燈籠褲配上膠底布襪，在夏天依然穿著袖口如腕甲的長袖襯衫。我想成為適合那種裝扮的男人。

我先在桑島組這間搭建臨時鷹架的公司打工。打半年工後就能轉正，為此我十分努力。起初做的是搬運支柱的體力活，被前輩們操個半死，但我還是咬牙撐過來了。只差臨門一腳，就能當上學徒。

結果還是半途而廢了。前輩們口出「你腦袋是裝屎嗎！」、「笨得跟豬一樣！」、「你的腦袋長在脖子上，就只為了戴安全帽嗎！」等訓斥，讓我相當火大。就連我也受不了自己這種火爆的脾氣。我去跟社長表明不幹了，又跟社長吵起來，實在是無可奈何。

社長是個徹頭徹尾的高空作業員，對自己也是在挨罵、受苦中學習成長一事感到自負，因此認為最近的年輕人個個都抗壓性不足。

「因為這點小事就叫苦連天是怎樣？混帳！前輩們也是為你好才斥責你的。這點道理也不懂嗎！像你這種廢物，做什麼工作都無法勝任啦！」

「我也不想走人好嗎！但你們這間公司實在是爛透了。我到別間公司，肯定幹得下去！」

「哦，是嗎？那你就另謀高就吧。反正像你這種傢伙，過沒幾天頂多也只能站在夜晚的街頭拉客啦。」

「最好是啦！懶得再跟你廢話！」

我火冒三丈，扯下頭上的安全帽。氣憤得甚至想把安全帽摔到地上，但我沒膽子這麼做。因為對方是表情凶神惡煞的高空作業員老大，不是我這個二十歲出頭的毛頭小子惹得起的對象。我的腦袋笨歸笨，這點道理還是明白的。

「好了、好了，社長。長瀨小弟或許忍耐力不足，但你也用不著罵人罵得那麼難聽，把人趕走吧。」

出面緩頰的，是事務員木村鮎美。鮎美姊總是很體貼年紀最輕的我，在各方面都對我十分照顧。當我決定辭職時，也只對她一人心懷歉疚。

「長瀨小弟，你要不要再考慮一下。辭掉我們公司，你也無處可去吧？」

鮎美姊的話令我內心有些動搖。身體胖得快要撐破、臉龐圓滾滾的鮎美姊，一屁股坐在辦公椅上，來回望向社長和我的臉。她一手包辦桑島組所有的事務工作，連社長都要敬她三分。

「快點辭一辭啦。挽留這種傢伙也沒什麼屁用。」

社長連鮎美姊出面當和事佬也不給面子，盤起胳膊，發出威嚇十足的聲音：

「再說了，要是把工作交給這種毛毛躁躁的傢伙，會損害我們公司的信譽。搭建鷹架最重要的是安全第一。我不是說過以前我們公司搭建的鷹架曾倒塌過一次，為此傷透腦筋嗎。當時還有人受傷，事情可嚴重了。」

「那都好幾年前的事了。」

鮎美姊立刻吐槽社長。這件事我也聽年長的師父說過幾次，據說剛好路過那裡的家庭主婦被壓在底下，還受了重傷。

「而且社長你不是老是叨念說，那肯定是有人動手腳，把螺栓鬆開了嗎？」

鮎美姊毫不留情地激動說道，但社長也只是朝她低吟了一聲。

我想，這時是我道歉的最後時機。鮎美姊朝我使了個眼色，然而我卻扔下一句：「多謝您這段時間的照顧！」便轉身離去。在我關上門之前，傳來鮎美姊誇張的嘆息聲。

於是，我又變回了無業遊民。

回到獨自生活的房間，呈現大字形仰躺在地板上思考。我明明心想勢必要成為一名獨當一面的高空作業員的。決定這次一定要好好地堅持做下去。為了激勵自己，還勉強入住位於城山北側的時髦單間公寓，連附近的大學生也趨之若鶩。下個月起，我要如何支付這裡的房租才好？為了讓那個社長對我刮目相看，必須快點找到工作才行。我想歸想，還是漸漸地墜入夢鄉。

不出所料，我完全無心找工作。頂多只是傳訊息給豬朋狗友詢問有沒有什麼好工作而已。結果對方也只是回傳一句：「什麼？你又辭掉工作囉。」就再也沒有下文了。對方也是個好逸惡勞之人，我怎麼會傻到對他抱有期待。

為數不多的積蓄，逐漸坐吃山空。

我不能向島上的雙親哭窮。這座城市的外海漂浮著一群小島，我老爸原本在其中最小的一座島上生活，如今正在本島的醫院住院。辛勤栽種柑橘維生的他，發生輕微的中風。所幸似乎沒有留下後遺症，但再也經不起勞累了。

說起來，我從本島的縣立高中分校中輟時，就是為了要對他認為我不會讀書，要我留在島上幫忙打理柑橘山的決定表示反抗，我才憤而離家的。目前則是老媽跟我國中三年級的弟弟代替老爸，一起照顧柑橘園。家裡還有一個失智的奶奶，要是他們知道我辭掉了工作，肯定會把我叫回去。

弟弟智則與我不同，頭腦聰穎。老爸跟老媽都打算明年讓他去讀城裡的高中。我如果回到島上，不就正好稱了他們的心意嗎？我壓根兒就不想回去那座無聊的小島。僅僅百人守望相助、共同生活的柑橘與漁業之島，半點樂趣都沒有。

「啊！可惡！」

就在我朝著天花板怒吼時，對講機匆忙地連續響起三次，嚇得我差點跳起來。晚上七點四十五分，我猜不出有誰會在這種時間上門拜訪。我只是坐起上半身，注視著房門，於是對講機又再次響起。感覺有點可怕。

「長瀨小弟！長瀨小弟！你在家吧？」

我聞聲後，全身放鬆下來。是鮎美姊的聲音。是擔心辭職的我才過來的嗎？我連忙打開門。

鮎美姊巨大的身軀跌跌撞撞地走進門來，她的懷裡緊抱著一個嬰兒。她先把手上提的大包包「咚」的一聲放在玄關地板後，就把嬰兒塞給目瞪口呆的我。

「長瀨小弟，這是我畢生的請求，你能幫我暫時照顧這孩子嗎？」

「咦？咦？」

「我只能拜託你了！」

「咦？」

我一頭霧水，只能丟臉地重複同一句話。

「只要一星期就好，可以嗎？長瀨小弟，反正你還沒找到工作吧？」

「是沒錯啦，咦？」

我順勢接過她塞給我的嬰兒。仔細一瞧，鮎美姊雙眼充血，髮絲緊黏著流汗的額頭，肯定是一路奔向這裡的。她也住這附近，我在超市遇過她幾次，也把自己的住處告訴了她。我現在對此是後悔莫及。

「我跟你說，我的伴侶逃跑了。」

「逃跑了？」

我記得鮎美姊有個同居男友，她大約在五個月前產下小孩，於我受僱不久後重回工作崗位。得知我這個在自己休產假時入社的新面孔碰巧住在附近，便對我照顧有加。

鮎美姊購物時經常帶著這個名為健太郎的小嬰兒，所以我對他有些印象，也見過幾次她的男友。

「他瞞著我提出調職，很快就跑回去了。聽說他是從外縣市來這裡工作的，然後認識了鮎美姊。」

「這代表——」

這代表妳被拋棄了吧——我把這句話嚥了回去。

「總之，我必須把他給帶回來。」

鮎美姊以堅定的眼神凝望著我，突出的傲人雙峰不停晃動。我被她的魄力所震懾，抱著健太郎後退一步。

「我沒辦法帶那孩子去，因為要四處找人。真希家的孩子生病了，所以目前無法幫我照顧。」

我想起鮎美姊曾說過上班時間，她會把健太郎托給朋友照顧。現在想起這種事也無濟於事就是了。

「可是——」

「只要一星期就好。不，五天就好。」

黏美姊以不容分說的語氣接著說道：「這裡面有他的換洗衣服。」看我無言以對，「啊，對了。」她又翻找斜揹在身上的肩背包。拿出一只皺巴巴的信封袋，塞進我的手中。

「這是一星期的費用。」

「那個，黏美姊。妳這樣我很為難耶，小嬰兒——」

黏美姊完全不理會我說的話，用臉頰磨蹭健太郎。

「小健，你要乖乖的喔。我一定會帶爸爸回來。」

然後迅速分離，推開門。

「呃，等一下啦！黏美姊！」

「我有多放點錢在裡面，用那些錢順便買奶粉和紙尿布。我快去快回。得在那個人失去行蹤之前，把他抓回來才行。」

「奶粉……？」

我像個呆子般佇立原地。

黏美姊背對著我，消失在黑夜中。

信封裡裝了十萬圓。當我目不轉睛地盯著鈔票時，健太郎突然哇哇大哭。我嚇了一跳，差點把胖嘟嘟的嬰兒摔落在地。

我先把他放到地板上，急忙鋪床。讓他平躺在被褥上後，他依舊哭個不停。是知道母親離他而去了嗎？我再次將他抱起，搖晃他的身體來安撫他，結果他反而哭得更大聲了。

「啊，對了。奶粉。」

我抱著健太郎，把信封硬塞進臀部口袋，穿上拖鞋外出。

面向平和通的那間藥局應該還沒打烊吧，那裡似乎營業得挺晚的。抵達藥局之前，健太郎一直在哭。不過，聲音越來越小了，等我踏入店裡時，就只剩下微微抽泣而已。

藥局有兩名顧客。一對學生模樣的男女，似乎是一起來的。年邁的老闆只顧著招呼他們，我便一邊哄著健太郎，在後面等待。

「這可真是嚴重啊。」

身穿白袍的老闆，將臉湊近男子的左手，扶著眼鏡的鏡框，仔細地觀察。

「應該是接觸到什麼東西導致皮膚炎吧。」

「是鱗粉。」

「咦？」

「鱗粉。附在蛾或蝴蝶翅膀上的東西。」

「喔喔，原來是鱗粉啊。不過好像發炎得很嚴重呢。」

「我對鱗粉過敏，有去皮膚科看過醫生。」

「原來是這樣啊。那麼——」

老闆面向後方的櫃子，尋找藥物。

「我看看——要擦什麼藥喔。」

我等得不耐煩。健太郎又一副快哭出來的樣子。男子回過頭來，我們認出了彼此。他是住在隔壁房間的大學生。但對方假裝不認識我，於是我也保持沉默。

站在男子身旁的，是他的女友，經常來他的房間。我望著兩人並肩而立的背影，輕聲嘆息。這男的跟我年紀相仿，卻上大學、交女友，生活過得多彩多姿。反觀我自己，不僅失業，還被迫照顧別人的嬰兒，日子過得苦哈哈。

藥局老闆總算拿出藥膏，極為詳細地告知用法。

「據說蛾的過敏反應，抗原性很強喔。」老闆重回剛才的話題，害我又煩躁了起來。

「就是說啊。因為我有氣喘，醫生叫我要小心。」

「鱗粉很容易誘發氣喘。有時甚至會致命喔。」

「可是啊，平常哪那麼容易碰到鱗粉。起碼得全身接觸到，才有可能致命吧。」

兩人囉哩囉嗦、廢話連篇地聊個沒完。

「翔太，我們走吧。」

他的女友顧慮到在後面等待的我，催促他離開。拿出錢包付錢的是女方。真可憐，這傢伙根本不值得妳如此犧牲奉獻——我在心中低喃。

「若是擦藥膏沒好的話，要去看醫生喔。」

老闆目送兩人離開。

兩人前腳一走，我後腳就站到玻璃櫃前。老闆目不轉睛地盯著我瞧，而且是從頭到尾打量我，真教人不舒服。二十歲出頭的毛頭小子抱著出生五個月的嬰兒，這畫面想必看起來很奇妙吧。

「我要買奶粉和紙尿布——」

老闆用手抵著玻璃櫃，仍然透過厚厚的眼鏡來回望著我和健太郎。

「啊，他是我大姊的小孩——」

我不小心就編造了一個藉口。

「要什麼尺寸的？」

「啥？」

「紙尿布的尺寸。」

紙尿布有分尺寸嗎？我連這種事都不知道。看我不知所措，老闆便問我嬰兒的月齡，這一點我倒是回答得出來。我買了紙尿布和老闆建議的擦屁股濕紙巾。老闆還教我怎麼泡奶粉。

「你沒問題吧？」

老闆一臉擔憂地探頭窺視健太郎的臉龐。健太郎心無旁騖地吸吮著手指，大概是肚子餓了吧。

「啊，沒問題。謝謝您。」

我拿出皺巴巴的信封付款。

「有什麼事情不懂，再隨時過來。」

大概是相信我幫忙照顧姊姊小孩的這個謊言吧，藥局老闆撫摸健太郎的頭說道。

我回到住處，按照老闆教的方法，燒開水泡奶粉。慎重地用流水冷卻奶瓶，調節溫度。我做著這種事，一邊心想鮎美姊這人也真是隨便。我怎麼可能會泡什麼奶粉嘛，要是我用熱水泡完奶粉就直接餵小孩喝，該怎麼辦？

躺在被褥上的健太郎又開始嚎啕大哭，我急忙餵他喝奶。他喝得又猛又急，果然是餓了吧。

健太郎喝光牛奶後，發出一聲巨響，排便了。我花了大把時間，把他的屁股擦拭乾淨，幫他換上紙尿布。搞得我精疲力盡。

我疲憊不堪，睏得要命，但健太郎卻不肯睡，在頭腦朦朧的我旁邊放聲哭個不停。嬰兒這種種族，到底要怎麼樣才能獲得滿足呢？我完全不明白他到底有哪裡不滿的。健太郎就這樣哭到黎明，才終於進入夢鄉。

早晨來臨，我再次沖泡奶粉。健太郎聽到聲音後又開始哭了起來。我的頭部中心像鉛塊一樣沉重。餵健太郎喝奶時，仔細一瞧，發現他的衣服沾上了黃色的糞便。因為我換尿布的技巧不好，才不小心弄髒了他的衣服。餵完奶後，我幫他換上乾淨的衣服。我把鮎美姊帶來的行李都倒出來後，從最底層冒出了玩具。那是一顆洞洞球。我心想找到了法寶，就塞到健太郎手上，可是他卻把球扔掉，又開始哭泣。

我放棄哄他了。因為我領悟到不管怎麼做他都會哭，根本是徒勞無功。

我把髒掉的嬰兒服扔進洗衣機，這時才終於發現自己肚子餓了。我放著嚎啕大哭、宛如怪獸的健太郎不管，搖搖晃晃地走向小小的廚房，啃咬備糧用的麵包。我一邊咬碎無味的麵包，撥了電話到鮎美姊的手機。有響起回鈴聲，但沒有接通。

到底是怎麼回事啊？我越來越火大。

乾脆把嬰兒扔在家，到外面去算了。若是玩一整天回來，這傢伙死掉的話，會算到我頭上嗎？哪有那麼扯的事啊。

這時，對講機連續響起。啊啊，謝天謝地，鮎美姊回來了。也對。怎麼可能拋下自己的孩子不管嘛。

然而，當我興高采烈地跑去開門後，站在我面前的卻是住在隔壁的男子。

「喂，你有完沒完啊。」

之前被喊作翔太的大學生，以低沉的聲音說道。我目瞪口呆地站在原地。

「整個晚上吵死人了！」

此時我才終於明白，這傢伙是來抱怨嬰兒哭聲的。

「啊。」

「讓那傢伙閉嘴啦。」

如果能辦得到的話，我就用不著那麼辛苦了。想歸想，我還是老實地低頭道歉：

「不好意思。」

「不好意思個頭啦！你也顧慮一下別人好嗎！我現在身體不舒服耶。」

翔太的左手，有一部分的皮膚紅腫隆起。「那樣叫身體不舒服？」我若是這麼回嘴，他肯定會更生氣吧。不過是皮膚過敏，少在那大呼小叫的啦。明明就是個無慮無憂的大學生。健太郎不可能聽得懂男人說的話，卻手腳僵硬，發出洪亮的聲音。哭得臉紅脖子粗。

「拜託想想辦法好嗎？把他給弄走啦。」

我終於也爆發了。

「你是怎樣。我沒回嘴，你倒是越說越起勁了是吧。我也有我的苦衷好嗎！」

「就真的很吵啊，還怕人說喔！」

接著我們就展開一來一往的脣槍舌戰。彼此怒上心頭，爭執得都快揪起對方的衣領。不知不覺中，我想起桑島組社長對我說的「像你這種廢物」這句話，甚至湧起了想把對方打趴在地的念頭。

之所以沒這麼做，是因為健太郎實在是哭得呼天搶地。對方大概也心軟了吧，「我警告你，要是他今晚還哭，我就讓你吃不完兜著走！」撂下這句狠話後，便轉身大步往大學的方向走去。

我氣還沒消，也沒心情餵健太郎喝奶。他的尿布應該濕了，但我提不起精神幫他換。我怔怔地俯視健太郎。他哭夠了後，可能也是哭累了，便開始昏昏欲睡。

若是繼續待在這裡，我怕我可能會虐待他，便悄悄外出。

我在圍住植栽的砌磚上落坐，思考接下來該怎麼辦才好。但我一個好主意都沒想到。因為我是個笨蛋。

當我仰望著天空嘆息時，一個女孩迎面而來。是剛才跑來破口大罵的那個叫什麼翔太的女朋友，昨天有一起去藥局。女孩低垂著視線經過我面前，適度地按響翔太房間的對講機。

那傢伙不在，自然沒有回應。女孩不知所措地佇立原地。明明是女友，卻沒有男友家的備用鑰匙嗎？也對，畢竟若是有人隨便進去他的房間，他可就傷腦筋囉。剛才的煩躁情緒又湧上心頭。

「那傢伙剛才出去了。」

女孩驚嚇地回過頭。不知是否是打算微笑而勾起嘴角，但那怎麼看都像是泫然欲泣的表情。她的左手緊抓著肩背包的背帶，這個動作代表必須尋求依靠，否則會感到無比不安。

我看見她這種態度，內心突然湧起惡意捉弄的念頭。

「妳啊，常常來這裡，是在跟那傢伙交往嗎？」

女孩把我的話當作耳邊風，打算從門前離去。但怎麼樣都必須經過我面前不可。

「我看搞不好只有妳自己這麼認為喔。」她停下腳步。「那個男人花心得很。除了妳以外，還帶過其他女人進房。」

女孩緩緩抬起頭，望向我。我可沒胡說八道。辭掉工作後，我白天也賦閒在家，因此對隔壁男人的行為舉止可是一清二楚。

「那女人五官深邃，畫著濃妝，頂著一頭染成褐色的鬈髮，不過是學生沒錯。我記得——啊，對了！好像叫作麻理子。」

我頭腦笨歸笨，女人的名字倒是記得挺熟的。女孩臉色瞬間刷白，蒼白到連我都覺得不妙的地步。一定是對那男人劈腿的對象心裡有底吧。該不會還是這女孩的死黨吧？如果是的話，那傢伙就太渣了，竟然對女友的朋友下手。我的腦袋不受控地開始胡思亂想。

如此一來就會演變成感情糾紛，慘烈的修羅場啊！雖然我連修羅場三個字怎麼寫都不知道。

「騙人。」

女孩發出細小如蚊的聲音嘟噥一句。我一把火冒上來。

「沒騙妳啦。最近她常來，都算準妳不在的時候過來。兩人光明正大地挽著手跑來，關在房間裡好幾個小時。想也知道在幹什麼好事。連叫床聲都很高調。」

我稍微加油添醋了一下，算是回敬那傢伙剛才找我麻煩的事。我心情痛快不已，甚至浮現這女孩甩翔太巴掌，把他打趴在地的畫面，不由得嘴角上揚。

不過，女孩卻當場蹲下，雙手摀住了臉。看來她受到的打擊比我想像中的還要大。終究不是掌摑戀人後提出分手的那種個性。

我頓時覺得這女孩有點可憐。她就如此迷戀那個面不改色背叛戀人、叫什麼翔太來著的花心大蘿蔔嗎？

「總之啊，我想說的是，妳跟那種男人交往也不會有什麼好下場。最好還是跟他分手吧。」

在我說完之前，女孩便搖搖晃晃地站起來。我本來以為她在哭，然而並沒有。她的嘴緊抿成一字形，一雙怒眼筆直地凝視前方。這種專情的女人鑽起牛角尖來，可是很恐怖的。

我目送著女孩漸行漸遠的背影，如此思忖。

健太郎睡醒後，又在房內哇哇大哭。

我聯絡不上鮎美姊，束手無策之下，最後決定回島上投靠老媽了。雖然辭職一事會因此敗露，但也無可奈何。我已經走投無路了。

我一手提著裝有健太郎換洗衣物的包包、一手抱著嬰兒，以這般難堪模樣搭上了渡輪。渡輪會先在本島停靠。我如果以這副模樣去探老爸的病，肯定會害他腦血管破裂吧。當渡輪駛向故鄉所在的島嶼後，四周就只剩下島民了。換句話說，都是些認識我的人。所有的人（大多是老人）都興致勃勃地聚集在我身邊。面對耳背的老人，我必須再三重複一樣的話，也就是職場的前輩拜託我照顧小孩這件事。

「哪有那麼荒唐的事。這是你的孩子吧？要不然誰會把自己的寶貝孩子塞給你這種人照顧啊。」

感覺聽起來像是在暗諷「像你這種蠢貨」。

回到家後也是老媽第一個對我說出同樣的話。煩死了。但她總算接受了我的說辭，抱起健太郎。不愧是經驗老道的家庭主婦，哄嬰兒的方式已到達爐火純青的境界。我這才終於鬆了一口氣。

總之，我已經精疲力盡了。

奶奶從裏屋慢慢走出。

「啊，奶奶，我回來了。」

我想擺脫老媽的追問，於是立刻轉向奶奶。奶奶表情痴呆地望著我，是已經認不出孫子的臉了嗎？

「媽，久志他啊，竟然帶這麼個小嬰兒回來，說是幫忙照顧別人家的孩子。我真是傻眼到都快說不出話了。」

「啊啊……」

奶奶嘴巴大張，原本迷離的雙眼發亮，接著傾身衝到老媽面前，目不轉睛地盯著健太郎。

「啊啊，拓馬，拓馬！拓馬，你跑去哪裡了？」

奶奶從老媽的懷中一把將健太郎抱了過去。老媽和我瞬間愣在原地，任由奶奶把健太郎抱走。

奶奶用臉頰磨蹭健太郎，用自己的手包裹住他小小的手。滿是皺紋的臉龐，笑開了花。我悄悄地偷看老媽，老媽只是呆站在原地，以熾熱的眼神凝視著嘴裡喊著「小拓、小拓」、逗弄健太郎的奶奶。

我們家現在是兩兄弟，但上頭其實還有個哥哥，名叫拓馬。所以戶籍上我是次男，弟弟智則是三男。拓馬在搖搖晃晃學步的時期，掉落海裡溺死了。基於這樣的原由，對老媽而言算是又把自以為遺忘的痛苦記憶挖掘出來了吧。

「奶奶，不是啦。那傢伙叫健太郎。」

奶奶根本聽不進我說的話。健太郎目瞪口呆地仰望著皺巴巴的奶奶，令人吃驚的是，他竟然露出了微笑。

「是嘛、是嘛，小拓很開心啊。」

「奶奶！」

我試圖硬把健太郎給抱走，奶奶卻狠狠地回瞪我。

「你做什麼！這是我的孫子。你是誰啊？」

竟然對真正的孫子破口大罵，我拿奶奶沒轍了。老媽頭一甩，從後門走到屋外。我只能嘆息。

老媽跟奶奶關係不怎麼融洽。老媽是都市人，並不願意嫁來島上。實際上她也曾說服過老爸，在結婚初期時還待在島外生活的樣子。然而生活過不下去，便心不甘情不願地搬回島上居住。因此奶奶才會看老媽不順眼。

「看吧。就跟你說娶城市姑娘不好伺候吧。」奶奶會口出這一類的話，把老媽罵得十分難聽。個性倔強的老媽，一旦決定在島上過活，便硬著頭皮逼迫自己融入島上的生活。被人說必須以半農半漁的方式才能維生，她就跟著老爸出海捕魚，把嬰兒交給奶奶帶。根據老人家耳提面命的說法，這座島上的人都是這樣生活過來的。不過，拓馬卻在和奶奶看家時落海了。

因為發生過這種事，兩人的婆媳矛盾越來越深，老媽也不再乘坐漁船出海了。到了我出生時，她絕不讓奶奶碰我一根汗毛。老媽無時無刻把我緊緊抱在懷裡，不讓我離開她的身邊，甚至到了神經質的地步。我印象十分深刻，也記得那兩人總是爭吵不休。

不久後，智則出生，老媽的情緒也漸漸平靜下來。我終於能夠自由自在地玩耍。奶奶也上了年紀，個性圓滑了許多，不再說什麼尖酸刻薄的話。不過，長期以來，兩人的心中還是存在著冰冷的小疙瘩。平常是島上隨處可見的婆媳，但有時會因為芝麻綠豆大的小事針鋒相對。

然後，奶奶痴呆了。

「喔喔，肚子餓了嗎？小拓，要跟奶奶去那邊嗎？」

我把健太郎就這麼交給躲進裏屋的奶奶，正在發呆時，智則回來了。智則都是搭乘渡輪，前去本島的國中上課。

「咦？哥，你怎麼在家？又辭掉工作了嗎？」

我低吟了一聲回應他。

不過，回到島上來是正確的。老媽雖然嘴上叨念，似乎挺享受有幼童在身邊的生活，和奶奶搶著照顧健太郎。不過對奶奶而言，他終究是拓馬，並非健太郎就是了。

是認為自己一時疏忽害死的孫子死而復生了嗎？我想痴呆也是一種救贖吧，讓她勤快地照顧拓馬。老媽則是幫我替健太郎餵奶、洗澡、哄睡。我終於從照顧怪獸嬰兒的地獄裡解脫了。

我由衷地認為女人真是偉大。不僅生出這種麻煩的生物，還得勤奮地加以照顧。鮎美姊之所以祖護桑島組最菜的我，或許也是發揮了這種母性吧。可能是心裡有了餘裕，我甚至還希望鮎美姊能順利地把她的伴侶帶回來。當她把健太郎硬塞給我照顧時，我的腦袋一片混亂，還對她心懷怨恨。如今想來，幫忙照顧幾天嬰兒，也算是報答鮎美姊的恩情吧。

在老媽專心照顧健太郎的期間，智則承接了修整柑橘山的工作。又是疏果、又是除雜草的，手法可俐落了。我也有跟去，但半點忙都沒幫上。

「你是什麼時候學會幹山上的活兒的？」

「跟著爸爸上山，自然而然就學會了。」

「幹這種活兒，開心嗎？」

「不知道耶，我沒想過開心不開心這種事。但總不能讓柑橘樹枯萎吧。」

我在山的斜面坐下，望著大海。渡輪緩緩地駛過海面，留下航行的痕跡，片刻後即消失了。四噸左右的小漁船也悠閒地四處漂浮。眼前彷彿在強調這座島有多乏味的無聊景色，我以前待在島上時看都看膩了。如今卻百看不厭。

「爸爸種了新樹苗，是紅瑪丹娜。雖然需要細心照料，但爸爸說若是栽種得好，價格能賣得比溫洲蜜柑還要高。」

「這樣啊。」

「然後就買一艘新漁船，我要出海捕魚。」

「傻瓜，你給我乖乖去讀高中啦。你那麼會讀書，也能考上好大學吧?別待在這種窮酸的小島，不求上進。」

「什麼啊，怎麼突然像個為弟弟著想的大哥一樣，說這種話。」

智則嘻嘻笑了起來。

奶奶把健太郎放到自己的助步車上的置物籃坐穩，帶著他到處散步。健太郎很中意這個奇特的乘坐工具。無論他怎麼哭，只要奶奶讓他坐到助步車上，他便眉開眼笑。

「好了，小拓，走囉。」

奶奶腰腿還夠力，但畢竟有老人痴呆，不能放任她獨自亂跑。反正我閒著也是閒著，便跟在奶奶身後。老媽大概是不放心吧，也跟了過來。老媽說，奶奶堅信嬰兒就是拓馬，對他做的事全跟她以前對拓馬做的一樣。用橡皮筋把健太郎的瀏海綁成沖天炮頭；攀折路邊的花朵，拿給健太郎把玩；島上野貓多，她會把野貓抱來讓健太郎摸。

健太郎心驚膽戰，任由奶奶擺布。

「哎呀，阿鶴婆。那是誰家的孩子啊？胖嘟嘟的。」

聽見島上的居民這麼問，奶奶毫不猶豫地如此回答：

「當然是茂夫的孩子啊。他叫拓馬。可愛唄。」

對方聞言，臉上綻放的笑容瞬間褪去，然後一臉抱歉地朝著跟在後面的我和老媽點了點頭才離去。每當遇見這種事時，老媽都難受得愁眉苦臉。

我平常完全不會想起死去的大哥。只覺得一歲上下便夭折的嬰兒，等同一開始就不存在。不過，看著喜獲長孫、帶著人到處散步的奶奶，和憶起喪子之痛而內心五味雜陳的老媽，我油然心想，拓馬這個孩子的確曾經存在於這個世上。

短暫接觸這個世界的拓馬，當他吹拂著海風、聆聽海浪聲、摘花、撫摸貓毛時，有什麼感受呢？

搞不好老媽也跟我思考著同樣的事，內心十分煎熬。我跟老媽說，我會盯緊奶奶，她用不著跟過來。不過，老媽勸不聽，宛如著魔似地跟在奶奶和健太郎身後。並且以銳利的視線看著奶奶對健太郎做的一舉一動。

我擔心連老媽都把健太郎當成是拓馬。健太郎對大人之間的心結渾然不知，坐在助步車上，玩得興高采烈。

喂，你現在的處境也沒那麼無憂無慮好嗎！要是你媽沒回來的話該怎麼辦？我在心中呢喃。不過，健太郎很黏奶奶是事實，我倒樂得輕鬆。想起在公寓的一個小房間內照顧嬰兒，還要忍受鄰居投訴，現在簡直是天壤之別。

玩得不亦樂乎的嬰兒與照看他的老婆婆，以及悠悠慢慢跟在她們後頭的我與表情嚴峻的老媽。這個奇妙的隊伍繼續往前進。奶奶只對健太郎說話，大概沒把跟在身後的我們看在眼裡吧，神情恍惚地徹底沉浸在自己的世界裡。雖然我不知道恍惚這兩個字該怎麼寫就是了。

我們幾乎走遍了整座小島。島嶼的東側地形細長且凸出海面，堤防也就此中斷。前方沒有柑橘田，無人踏足。再往前的地方突然無路可走，低矮的堤防也呈現半坍塌的狀態。堤防下就是大海，浪花朵朵。

「啊！」奶奶輕聲驚叫。

已經半轉過身打算掉頭的我，因而停下腳步。

「等一下，小拓。待在這裡不要動喔。」

奶奶叮囑坐在助步車上的健太郎，然後輕盈地從道路下到岩石地帶。看見半駝背的奶奶做出這項出乎意料的舉動，我才想「啊！」地驚叫一聲呢。奶奶果敢地避開海浪，穿越岩石地帶，伸出雙手攀登未與道路相連的山壁。

她正徒手挖起一根生長於斜面的樹根，這畫面令我震驚得目瞪口呆。定睛一看，奶奶似乎打算挖起纏繞在粗木上的某種蔓性植物根部。奶奶把植物的根從土裡拽出來，她的力氣到底是從哪裡冒出來的？接著她用沾滿泥土的手抓住那莫名其妙的根，得意洋洋地返回。我怕被棄之不顧的健太郎探出身體會有危險，只好抱起嬰兒。

奶奶踩踏坍塌的堤防，爬上道路。

「小拓，你看。這是野葡萄的根喔。用這個——」

話說到這裡，奶奶才發現助步車上空無一人，臉色瞬間發青。

「小拓！小拓！」她把特地採來的根扔到海裡，奔向助步車。一看助步車上真的空空蕩蕩，奶奶打起了哆嗦。只見她顫抖著身軀趴在堤防上，拚命地窺視海裡。

「小拓！」

這時，我才將視線轉向老媽。老媽當場蹲下，嘴唇顫動。她在哭泣，但我完全搞不清楚狀況，一頭霧水。

「奶奶，健太郎在這裡啦。」

奶奶將身體探向海面，都快要滑落大海了。我單手壓住她的腳，大聲吶喊，可是她卻絲毫充耳不聞。奶奶在堤防上嚎啕大哭，老媽則是回過神走來，把奶奶給拖了下來。奶奶臉皺成一團，倚靠著堤防，像個孩子一樣仰天哭泣。

「小拓死了。小拓——」

「是怎樣啦。我完全聽不懂妳在說什麼——」

「媽，好了。別哭了。」

老媽用烹飪圍裙的衣襬替奶奶擦拭眼淚。片刻過後，奶奶抽抽噎噎地靠在堤防上睡著了。老媽牽起奶奶的手，開始搓揉。

「當時啊，你奶奶的指甲也沾滿泥土，黑抹抹的。」

為了挖出奇怪的根而奮鬥的奶奶，指甲裡充滿泥土，髒兮兮的。

「當時？」

「拓馬落海的時候。」

「咦？」

「拓馬啊，是在這裡掉進海裡溺死的。」

我轉頭望向大海。懷裡的健太郎拍打我的臉頰，一臉笑呵呵的模樣。

「奶奶當時把小拓一個人留在這裡，去採野葡萄根了吧。」

「野葡萄根？」我腦海中浮現剛才奶奶得意洋洋地拿在手上、沾滿泥土的蔓根。「採那種東西要做什麼？」

「把野葡萄根磨碎、加上米糊，鋪在紙上，貼在有腫包的地方。貼個幾次就能消腫。」老媽眉開眼笑。「在這種偏僻的小島，民俗療法一傳十、十傳百。老一輩的人都深信不已。」

我無言以對，和老媽聆聽著片刻的海浪聲。

「當時，拓馬的側腹部腫了一個大包。」

「腫包——？」

「你奶奶是在這裡發現野葡萄根了吧。一心想要用它來治好拓馬的腫包——」把搖搖晃晃學步中的嬰兒拓馬暫時扔在一旁，於是釀成了悲劇。

「當時奶奶半句話都沒提到野葡萄根的事。只是不斷重複是自己沒把小孩看好——」奶奶打起鼾來。老媽撫摸著她的臉頰，骯髒的臉頰上殘留著淚痕。

「因為她態度冷淡又堅持這麼說，我——」航行海面的船隻鳴響汽笛。「我還以為你奶奶恨我入骨，把拓馬扔進海裡殺了。」

不過，奶奶不可能做出那種事。在這兩、三天裡我清楚地明白她有多麼疼愛、重視她的長孫拓馬。

奶奶和老媽因為健太郎這名嬰兒，重新體驗了二十幾年前的事。健太郎在我的懷裡往後仰，呵呵大笑。拓馬也像這樣胖嘟嘟又可愛嗎？我想如果他還活著，或許會在這座島上和老爸一起栽種柑橘吧。

鮎美姊打電話聯絡我。

「長瀨小弟，不好意思喔！我費了一點時間，也沒有跟你聯絡。小健還好嗎？你在哪裡？我在你家門口了。」

我告訴她我回島上的老家了，最快也要三小時才能趕回去。鮎美姊先對竟然還勞煩我老家幫忙照顧小孩一事向我道歉，然後表示她先回家裡一趟，放個行李。她並未提及是不是成功將她的伴侶帶回來了，而我也不敢多問。

我匆忙整理行囊，告訴老媽健太郎的母親回來了。老媽緊抱著健太郎，用臉頰磨蹭他。

「小健，謝謝你來到我們家。你要健健康康地長大，不要生病受傷喔。」

奶奶在睡午覺，老媽要我趁現在趕快帶健太郎離開。她覺得奶奶應該正在夢裡跟拓馬度過美好的時光吧。希望離開後能不引起風波就好了。如果奶奶知道嬰兒不見了，一定會精神混亂、哭哭啼啼吧。也許還會推著助步車尋遍整座小島。一想到這裡，我的心就痛了起來。

不過，自己的母親要回來了。健太郎應該很開心吧。

我再次搭上渡輪。我生長的島嶼，以柑橘與漁業維生的窮酸小島；我那素未謀面的大哥拓馬出生的小島，已逐漸遠去。

從碼頭搭計程車抵達城山下的公寓時，太陽已經西下。鮎美姊就站在我家門口等候。不知為何，隔壁那個男人的女友也站在一旁。

「小健！」

鮎美姊從我懷裡奪走健太郎。健太郎大概是認得自己母親的臉吧，露出滿面笑容，還發出了奇特的聲音。我拿出鑰匙打開房門。過程中依然十分在意站在身後的女孩。房間緊閉了幾天，充滿停滯的熱氣。我敞開房內的所有窗戶（雖然就不過兩扇而已）。

鮎美姊沉重的腳步踏得地板咚咚響，大大方方地走了進來。她回頭催促女孩：「妳也進來吧。」這裡的主人是我吧。我想歸想，並未說出口。

「我剛才在這裡等你的時候啊——」鮎美姊毫不客氣地走到房間中央一屁股坐下，然後開始說明。「聽到隔壁傳出一陣聲響，然後這孩子就從房裡衝了出來。這時有個男人揪住她的頭髮，想要把她帶回房間。」

站在玄關地板處的女孩，只是低垂著頭。看來鮎美姊是碰上貨真價實的修羅場了。搞不好她是去質問我前陣子告狀的那件事。之後的發展用膝蓋想也知道。

「我就闖進隔壁房間，問那男人：『喂，你現在是在幹什麼！』」

把女孩拖倒在地、正打算動粗的男人馬上露出怯懦。這也難怪，畢竟鮎美姊那接近八十公斤的體格充滿魄力，又表現出一副天不怕地不怕的氣勢。

「你現在要打女人對吧。好啊，有種你打啊。不過在你揮下拳頭之前，老娘會踢爆你那個蹺個四五八萬掛在胯下的東西。」

「──妳這麼說嗎？」

我感覺自己的胯下緊縮了一下。

鮎美姊愉悅地大大點了點頭。據說男人推開鮎美姊後，轉身便不見蹤影。

「在你回來前，我聽這孩子說，那男人經常對她施暴。真是人渣一個。」

我表現出一副「我就說吧？」的模樣，望向那女孩。隔壁有時會發出聲響，原來是男人毆打自己女友的聲音嗎？為什麼這女孩不跟那種暴力男分手啊？臉色蒼白如紙的女孩，低垂著雙眼，一副若有所思的模樣。

「喂，不要呆站在那裡，進來吧。」

鮎美姊語氣說得很強硬，於是女孩也脫掉了鞋子。

她步履蹣跚地走來，坐到鮎美姊的面前。

「啊～跟小健分開的期間，我漲奶漲得好不舒服啊──」

鮎美姊露出一邊巨大的乳房，讓健太郎含住。健太郎樂意之至地吸住不放。我彷彿聽見咕嚕咕嚕嚥下喉嚨的聲音。鮎美姊的乳房浮現青筋。那是分泌乳汁，維持嬰兒生命的器官。明明盯著女人的胸部，我卻沒有一絲汙穢的思想，反而感覺十分神聖。

我與這個不知道名字的女孩跪坐在鮎美姊的面前，眼睛眨也不眨地看著這副光景，看得出神。

「啊，對了，妳找到妳老公了嗎？」

鮎美姊抬起視線，瞪了我一眼。

「找到了。」

「這樣啊，那太好了。」不知為何，我開始冒汗。

「他回到他妻兒身邊了。」

「妻兒？」

「那傢伙已經有老婆和小孩了。」

「是喔。咦？」

「他只是隻身來這裡赴任而已。那傢伙完全沒提起他有家庭的事，只說過一陣子再登記結婚，要我再等一下。」

「結果怎樣了？」

「還能怎樣。我衝進他們家裡，問他要選我還是那個女人——」

原來經歷過如此慘烈的修羅場的人，是鮎美姊啊。

據說男人向鮎美姊下跪道歉，求她跟自己分手，因為他不能破壞自己重要的家庭。這說辭還真是自私，明明跟鮎美姊都有孩子了。

「那時我才清醒過來。」

鮎美姊露出另一邊乳房，讓健太郎吸吮。

「自己怎麼會鬼遮眼愛上這種男人。所以啊，我就要他認了健太郎，支付養育費，全都談妥了。」

對鮎美姊，我除了尊敬還是尊敬。我瞥了一眼隔壁，女孩也一臉欽佩萬分的樣子，凝視著大口吸允奶水的無邪嬰兒。

「那麼，鮎美姊跟健太郎就變成單親家庭了呢。」

說完這句話後，我立刻就後悔了。不過鮎美姊卻毫不介懷。

「家族這種存在啊，如果想要多個家人，自己生就好。女人強就強在這一點啊。根本不需要緊抓住男人不放。」

鮎美姊豪爽地哈哈大笑。

「長瀨小弟，怎麼樣？要不要當小健的爸爸啊？」針對這個問題，我回答：「不了，恕我拒絕。」看見我畏懼的表情，鮎美姊再次放聲大笑。

女孩默默地凝視著鮎美姊，最後倏地站起來。先前那種不安無助的氣息已消失無蹤。

「打擾兩位，我先告辭了。」

她深深地低下頭。看起來有些開朗的徵兆，雖然只有一點點就是了。

或許這女孩也不再鬼遮眼了吧。

約一小時過後，鮎美姊也站起身子。

「我說長瀨小弟啊，真的很謝謝你。你這人不錯，回來桑島組吧。我會好好幫你跟社長說情的。」

鮎美姊一邊穿鞋一邊說。健太郎在她的懷裡睡得格外香甜，一副徹底放心的表情。

我鄭重地向她道謝，婉拒了她的提議。

「我打算回島上。我老爸身體狀況也不大好。」

「你真的是個好人呢。」

我在門口目送鮎美姊，看著她抱著健太郎漸漸消失在黑暗中。

窩在那座窮酸的小島，庸庸碌碌過一生，或許也不壞。

老媽聯絡我，說老爸出院了。我終於開始準備回到島上，專心一意地將行李塞進去超市要來的紙箱。拜託搬家公司太浪費錢了，我打算從家裡開小卡車過來搬運行李。老爸和老媽還在懷疑我的決心，只有智則欣喜地說：「哥，我們再一起去釣魚吧！」

就在我忙著整理行李的這幾天，發生了一起事件。

隔壁的那個男人死了。似乎是白天造訪他家的社團成員發現的，那傢伙就死在房間裡。據說臉部紅腫，有抓撓喉嚨的痕跡，好像是因為強烈的過敏反應導致窒息身亡。藥局老闆好像向警察做證，說那男人對鱗粉嚴重過敏的樣子。由於死在房內，算是異常死亡，警察也有找上門來問我話，但我沒什麼可說的。

不過，要多少鱗粉才有辦法致死呢？警察的話中也透露著這樣的疑惑，說那傢伙全身沾滿了蛾或蝶的鱗粉，如同文字上的意涵、就像是直接從頭上倒下來一樣。據說他的喉嚨深處還卡著一隻大白蛾，聽到這裡，我的背脊也瞬間發涼。

「你有在這一帶看過這麼大量的蛾嗎？」

警官問我這不經大腦思考的問題。我當然搖頭否認。

回島的前一晚，鮎美姊請我到家庭餐廳吃晚餐。雖然不是什麼大餐，但我吃得十分開心。健太郎讓我抱時也不再哭泣了。

「你看，他跟你混熟了。畢竟你照顧了他好幾天嘛。」

即使伴侶開溜，鮎美姊依然意氣風發。我請她帶著健太郎來島上玩，她也答應我一定會去一趟的。之後我便在家庭餐廳門口與鮎美姊告別。

我獨自步行回公寓。城山化為黑漆漆的大塊剪影，闃寂無聲。我仰望城山，心想短時間不會再見了。半山腰一帶看起來有些明亮。仔細一看，原來是一棵白花盛開的樹。那是什麼花呢？怎麼只有一棵開在半山腰？我凝眸注視，花瓣還挺大片的。是白色的大花四照花，還是白玉蘭——

此刻吹來一陣風，白花全部離枝，同時飄向空中。然後像是隨風流動似地漫天飛舞。

原來那不是花，而是蛾。無數的大白蛾正飛向天空。

我想攻擊隔壁房間那個男人的，就是這一大群蛾。不過，排成一條線飛往夜空的蛾群，看起來十分美麗。我也停下了腳步，看得入迷。蛾群宛如被吸進城山的暗處般消失無蹤。

那群蛾為何會飛進隔壁男人的房間呢？明明位於一樓，是敞開窗戶沒關嗎？誰都有忘記關窗的經驗。可是，為何連紗窗都打開了？

我知道男人死亡的前一天，那女孩在很晚的時候有來找過他。至於兩人談了什麼事我倒是不知情，女孩則是在深夜時離開了。那個時間，男人或許已經就寢了吧。是那女孩打開紗窗沒關就回去了嗎？為了召喚蛾進屋？不會吧。

我停止思考下去。因為，我的腦袋不好。

暗夜

夜のトロイ

特洛伊

暗夜特洛伊

雨的氣息。我吸進一大口，仰望天空。天空呈現陰鬱的灰色，飽含雨氣的沉重雲朵低矮地籠罩在天守閣上。我略微活動了一下身體後，輕聲嘆息。

不該來的——我在心中呢喃這句不知後悔第幾次的話語。

「是不是要下雨了啊。」坐在身旁的內村昌美彷彿看穿了我的思緒般，咕噥道。「希望等到所有人都畫完再下。」

「就是說呀。」

我已經坐立不安，想回家了。

「去巡視一下孩子們的狀況吧。」

昌美起身，我也只好跟著走出遮陽雨棚。昌美不疾不徐地漫步於山頂廣場中。裁剪舊和服縫製而成的長版上衣下，露出黑色的緊身褲。腳踩上頭有著刺繡的中國鞋，啪噠啪噠地行走。她從學生時期就偏愛獨特的穿衣風格，至今似乎依然如此。

我和久別重逢的朋友並肩走向天守閣。昌美是我在東京讀美術大學時的同學。雖然畢業後各奔東西，但我們始終保持聯絡，偶爾也會見見面。一直單身的昌美在三年前、也就是她三十九歲的時候突然結婚了。他的丈夫住在四國，她卻完全看不出有在談遠距離戀愛的樣子。冷不防說「我要結婚囉」，之後便立刻搬到四國。這一點倒是很符合昌美的個性就是了。

昌美在這座城市教小朋友畫畫維生。她從學生時期就一直持續在畫油畫，偶爾還會開個展的樣子。我則是在高中擔任美術老師。年輕時曾經和同事結婚，不過馬上就離婚了。我們沒有小孩。

「怎麼樣?懷不懷念?」

昌美問道。我回她一個模稜兩可的笑容。

我在這座城市讀過三年高中，所以聽說昌美婚後的住址時也嚇了一跳。純屬偶然。我萬萬沒想到我獨一無二的摯友，竟會住在我高中畢業之後便未曾再踏上的土地。

昌美聽我提起後，似乎也吃了一驚。我聯絡她，說我恰巧要去四國的另一個縣參加美術科研究會，她便回答：「那妳就順道來我這吧。我們剛好要舉辦兒童寫生比賽，我是評審，妳也來幫忙。」語氣還是跟以前一樣不容拒絕。我苦笑著答應了。

昨晚半夜抵達這座城市時，我的確心生懷念之情。所以今早我提前離開飯店，特地徒步爬到這裡。途中也從我曾就讀的女子高中那古老的校門前經過，校門的構造還是老樣子。

由於是星期日，應該沒有學生在吧。然而我的頭上卻落下一陣女學生們喧鬧的虛幻嬉笑聲。我不禁側耳傾聽那似遠忽近的聲音。理應天真開朗的笑聲中，參雜著不祥的氣息。我本想踏進校門，爬上通往校舍的坡道，最後還是作罷。無視纜車和吊椅，前往東雲口登山道。起點是一條長長的石階路，這裡也是東雲神社的入口。

我憶起高中時期曾和友人幾次往返這條石階路。我高中時期的朋友喜歡到城山蹓躂。她只與我交心，不對其他同學敞開心扉，成天在這片森林裡閒晃。我偶爾會作陪。

我們比賽誰先衝上石階。通常都是我拔得頭籌，她在最後十幾階時一定會放慢腳步。她做任何事總是半途而廢，個性淡泊不執著。一副享受自己逐漸看破紅塵的模樣。

她是個宛如易碎瓷器般的少女。當時比現在還要活潑樂觀的我，經常調侃她。沒想到我們會以那種方式分別。

早晨還只是天色微陰的程度。五月的城山綠意盎然、枝葉扶疏。涼風沿著被樹木籠罩的隧道流動，送來在某個地方盛開的甘甜花蜜香氣。長尾尖葉櫧的黃色穗狀花序在頭上搖曳。綠意與花香因為雨意漸濃而感覺更加濃郁。

我爬上纜車的終點站長者平時，心想天空還不至於下雨。我仰望著太鼓櫓石牆，石牆描繪出人稱扇勾配結構的優美弧線。我經過石牆與石壘的隘路，穿過戶無門與筒井門。

在坡道途中佇足，眺望街景。二十五年前頂多只有十層樓大廈，如今市區卻蓋了幾棟二十幾層的公寓。稍遠處的百貨公司頂樓，還建造了一座大型摩天輪，昨晚摩天輪就閃耀著五顏六色的霓虹燈。昔日從各個街頭都能看見天守閣，如今卻被高樓大廈給遮擋住視野，也許會漸漸形成若隱若現的狀態。不過小型的路面電車依舊維持當時的模樣，緩慢地在路上行進。

我始終慢慢吞吞地俯瞰這片景色，結果又開始沿著登山道向上爬去。

越靠近城郭，我的呼吸越是急促。並非是因為爬坡的關係，而是我害怕這座古城——遺忘的情感慢慢滲出。白天的時候還好，到了夜晚點燈時，灰泥牆會瞬間發綠，好似飄浮空中的模樣——

果然不該來的。此時我明確地浮現自己應該永遠遠離這座城市的想法。午後，隨著天色轉暗，環境也猶如夜晚降臨般恐怖。明明是初夏時節，我卻有種不寒而慄的感受。

一群小學生在山頂廣場攤開圖畫紙，專注於寫生。此刻是下午兩點過後，小朋友多半都進入完成的階段。昌美和我一同巡視圍繞著天守閣作畫的孩子們。看著他們熱心描繪的畫作，我的心也漸漸平靜下來。

小學低年級到高年級的小朋友們各自占據場所，揮舞著畫筆。「哦，不錯喔。」、「畫得很棒耶。」昌美向孩子們攀談，也用開玩笑的語氣斥責那些嬉鬧的孩子：「喂，認真一點畫啦。」我也有樣學樣地和小朋友們交談。單純的孩子們所畫出來的畫作獨特且充滿力量。不久後，我也振奮起精神，揮去為古怪幻想所困的自己，追在昌美的後頭。

大部分的孩子畫的都是古城的正面樣貌。所以我繞到古城背面，只能看見三三兩兩的小朋友。

我仰望古城的背面姿態。雖然因為太靠近天守閣而無法看見全貌，但白色土牆與連立式天守的屋脊層層相疊的模樣，著實有趣。我一邊走一邊心想，如果是我，就會從這個角度來畫。

一名女孩在乾門附近畫畫，整個人遮蓋住了畫板。我心裡好奇從這個角度看過去會呈現怎樣的風貌，不時望向古城，然後走向那個孩子。大約小學三年級的女孩專心地移動畫筆，甚至沒有發現我走近她了。

她的畫功精湛得不像是三年級的孩子。首先構圖很出色，精準地描繪出建造於美麗石牆上的北隅櫓，以及從下方仰望北隅櫓後方的三層天守閣樣貌。天守閣也畫成斜面，充滿立體感。也襯托出一、二層屋頂山牆外呈現三角樣式木板的千鳥破風設計。

當我目不轉睛地盯著她的畫時，女孩似乎突然感受到我的氣息，抬頭望向上方。瞥了我一眼後，又立刻將視線轉回畫作上。這孩子畫功了得，也許經常會有路過的大人像這樣旁觀吧。我本想一直看到這孩子完成畫作，但隨後轉念，想說這樣應該會打擾她作畫吧。

於是我便回到在紫竹門下等待的昌美身邊。

「那孩子很會畫畫吧。」

昌美與我再次並肩走向評審席，同時對我如此說道。

「真的很出色呢。筆觸強勁，色彩感也很棒。」

「那孩子觀察力很敏銳。會仔細察看後再下筆。畫圖前先觀察，再掌握事物的本質。在這方面她十分優秀呢。」

「是妳教她畫畫的嗎？」

面對我的提問，昌美搖頭否定。

「她的繪畫才能應該是與生俱來的吧。總是囊括這一帶的寫生和繪畫比賽前幾名。」

我們回到遮陽雨棚內，坐在離其他正在談笑的評審不遠處。我輕輕擦拭額頭上的汗水。

「那女孩若是生逢其時，可是公主呢。」

我不懂昌美的意思，歪了歪頭。

「她的名字是蒲生麻耶，是這座城末代城主的後裔喔。」

據說廢藩置縣後，也是位居本縣要職的名士血脈。至今似乎仍住在建造於城山山麓正面的氣派洋房裡。昌美說，那棟大正時代蓋來作為蒲生家別邸的洋房，已被指定登錄為有形文化財產。

說到這裡，我記得高中上歷史還是地理課的時候，老師好像有教過治理這片土地的家系。不過離開這座城市已久的我，記憶已模糊不清。

「繪畫才能是遺傳自她父親的。她的父親和我們一樣，是美大出身的西洋畫家喲。」

昌美吐出一名西洋畫家的名字。我對蒲生慶介這個名字有印象，記得他和昌美的指導教授是同一人。他從在學時期，才華就受人矚目，但最令我印象深刻的，是聽到須永喜三郎大師答應收他為徒的傳聞。

以前也曾受到昌美的邀請去欣賞他的畫作。那是挺久以前的事了，好像是他在東京某家畫廊開畫展的時候吧。我在一旁聽昌美和蒲生交談。他們當時聊了什麼話來著？對了。昌美說他的畫風一百八十度大轉變。聽到昌美指出這一點時，蒲生落寞地笑了笑。

我不知道原來他出生於這座城市。也沒有把蒲生這個奇特的姓氏與城山山腳下的洋房聯想在一起。早知道就和他多說一點話了。如今這個願望已無法實現。

「可是那個人——」

「沒錯。和他太太一起發生車禍過世了。蒲生麻耶當時不在車上，所以逃過一劫。後來被她祖母蒲生君枝收養，聽說她當時才四歲。」

「是喔。那麼她就和祖母兩個人住在那棟大房子裡囉？」

我高中時也對那棟富麗堂皇的洋房驚嘆不已。它位於縣廳廳舍附近，從路面電車上也能一覽無遺。我起初沒想到那竟然會是個人住家。

「因為她是蒲生家唯一的繼承人啊。她祖母現在也是個富裕的資產家喔。」

兼任各種名譽職的蒲生君枝，最近似乎身體狀況不佳，不再於公開場合露面。聽說罹患了重病。

「那麼，那個孩子要怎麼生活？」

「蒲生君枝的外甥女夫婦好像也住在一起，是他們在照顧麻耶。」

「那就好。」

「可是，如果啊，我是說如果喔——」昌美壓低聲音，探出身子。「要是她祖母蒲生君枝過世會怎麼樣？」

昌美低喃。這已經成為市井小民私下談論的熱門話題。

「那孩子會繼承龐大的遺產。可是麻耶還未成年，需要監護人吧。想必是那對外甥女夫妻會成為她的監護人吧。大家都在傳那兩個人就是為了圖謀遺產才不請自來的。怎麼樣？話題立刻變得灑狗血了吧。」

就算這麼說，與我又有何干？我既不是這座城市的居民、也對這種流言蜚語沒什麼興趣。看我老是愛理不理地回答，昌美動了肝火。

「這話題還沒完呢——」

我斜眼瞅了一眼天守閣。天空陰沉沉的，變得更加昏暗。天晴時理應能映襯出藍天的灰泥牆，如今看起來顏色暗淡。

「總之他們的名聲很差。她阿姨君枝出資讓他們夫妻倆做生意，結果他們卻屢次失敗。最後君枝終於發火了，不再提供資金。相對的，君枝命令他們同住，以便照顧麻耶和自己。」

昌美繼續談論這個話題。

我心想自己為何要登上城山。實在不該踏入城山地區的。我腦中浮現女子高中時期友人的臉。她的臉我記得一清二楚，曾是美術社社員的我，為她畫過素描。那本舊素描簿我珍藏至今，偶爾會翻開來欣賞。

她筆直地注視著我。黑色眼瞳表露出堅強的意志與伶俐。然而她的整體印象卻與其相反，散發出死命維持自己軀殼般的拚勁與悲涼。看起來也像是猶豫著是否該向我訴說什麼重大之事。

每當我欣賞那張素描時，便如此心想：她真的存在過嗎？我描繪在這裡的東西究竟是什麼？

因為——

因為她在剛升上高中三年級的春天突然人間蒸發。沒錯，那正好也是五月……現在才發現這偶然巧合的我，全身凍結。吐出的氣息如嚴冬河霧般雪白。

「——死了。」

「妳說什麼？」

「我說那外甥女的丈夫死了啦。」

我目不轉睛地望向昌美。

「今年年初，那個人突然發高燒，最後猝死。好像是得了什麼感染症，詳細情形我不清楚。所以啊，君枝老太太和麻耶現在就跟成了寡婦的外甥女一起在那棟洋房裡生活。我想當然還是有僱用幾名傭人啦。欸，妳不覺得很古怪嗎？太詭異了。接二連三發生不幸。」

——接二連三發生不幸。

被都會高中拒之門外的我，隨意選擇的城市。我本來以為是個無聊的鄉鎮。可是這裡有種說不上來的詭異，特別是這座古城的四周。不僅女高中生消失得無影無蹤，她的男友還因此精神崩潰，墜入狂亂深淵。甚至有個古怪的高中同學，據說能夠看見死去之人的幻影。

我的朋友相原杏子失蹤時，我告訴警察：「她時常在城山裡與國中老師碰面。她喜歡過那個老師。」警察似乎也數度登門找老師問話，但那個人都表示自己毫無頭緒。杏子的母親和外婆好像找遍了學校附近。

我知道杏子的行動範圍。毘沙門坡的冰淇淋店、城北地區的「JELLY BEANS」雜貨舖、她偶爾光顧的「ARTROOM K」美髮沙龍、有親切老闆的藥局。像那種個人經營的小店，現在可能已經不存在了。

還有位於堀之內的美術館和圖書館、搭乘路面電車前往的百貨公司、電影院。兩人從杏子唯一的朋友——我的口中打聽出這些場所，四處尋訪，仍然一無所獲。杏子的外婆精疲力盡，意志消沉；母親則是六神無主，表情空洞。

「都怪妳對她不管不顧，才會發生這種事。」粗野的外婆怪罪自己的女兒。「杏子已經受夠妳了啦。」

即使受到如此責備，杏子的母親依舊一副失魂落魄的模樣。

基於杏子與她母親的關係不好，警察也開始懷疑杏子可能是離家出走。杏子她母親那個沒登記結婚的丈夫，還多管閒事地跑來跟學校和警察叫囂。那個闖進學校的男人，穿著花俏的花襯衫，看起來實在不像什麼正經人物。

我的朋友最後還是沒被找到。杏子大半時間都待在城山中，若無其事地漫步在森林與幽暗的登山道。我腦海裡浮現杏子漸行漸遠、輪廓漸淡地隱沒於一片蒼鬱之中的背影。她——終究還是被困在那個場所。如今我如此思忖。

我仰望美麗的天守閣。不知為何，連頂著古城的隆起土地和繁茂的綠意都令人感受到一股不可思議的力量。這裡是否有一股負面能量，能讓閃耀之物暗淡、銳利之物遲鈍、嶄新之物生鏽——障翳一切呢？

啊啊，我為什麼要回來這裡呢？我頻繁地吸氣吐氣，調整呼吸。

「別聊這話題了。」

「也好。」

昌美這次也老實地點頭，緘默不語。

這時，山頂廣場的廣播告知寫生比賽結束。

太好了。趕緊下山回飯店吧。只要以冰涼的薑汁汽水潤喉，沖個澡，在鋪上乾淨床單的床鋪上躺一會兒就沒事了。待在隔壁遮陽雨棚下的昌美在呼喚我。我打起精神，打算專注於評審工作上。小朋友們提交上來的畫作，在塑膠墊上分成低年級和高年級，擺放成兩組。

我負責低年級的畫作。即使不看名字，我也一眼便認出蒲生麻耶的作品。完成度出類拔萃，其他小朋友的畫簡直是望塵莫及。我們毫不猶豫地把她的作品選為冠軍。商討片刻後，也決定了亞軍和季軍。高年級那邊的結果好像也出爐了。之所以會加快評審的速度，是因為烏雲密布的關係。

我們立刻進行頒獎儀式。蒲生麻耶以並未特別開心的表情接過獎狀和獎品。我站在遮陽雨棚下，觀察這個擁有繪畫天分的小三女孩。剛才昌美說得十分起勁的傳言，我多半左耳進右耳出，倒是對曾經短暫接觸過的西洋畫家的遺孤充滿好奇。

以小學三年級來說，她個頭偏高，看起來很老成，身材也有些圓潤的樣子。與其說是小孩，更像是已經踏入少女的範疇。給人一種具有沉著洞察力的印象。昌美說她「擁有掌握事物本質的能力」，說得真是一針見血。不過，也有種不協調的印象。在她身上也可窺見再成熟一點、就要到達青春期前的孩子，所散發出的身心成長不一致的焦慮以及不穩定。

麻耶的身邊有一名有歲數的男子作陪。那名男子喚了她一聲「小姐」。昌美對我使了個眼色，像是在表達「妳看吧」。

寫生比賽散會。小朋友們和他們的監護人開始整理行囊回家。工作人員催促評審們圍繞著一張長桌坐下，接下來必須彙整這場寫生比賽的概評，據說是為了刊登在地方報紙上。我這次深深嘆息，聲音大到周圍皆可聞的地步。至少還得在這裡待上三十分鐘不可。輕微的頭痛令我眉頭深鎖。

這時，背後又傳來有人呼喚「小姐」的聲音。兩道壓低的聲音正在爭吵。似乎是麻耶堅持要一個人走回家，想讓陪同她來參加寫生比賽的隨行者先行回去。年邁的傭人對小姐的任性要求傷透了腦筋。

「那麼——」我不禁脫口而出。「我送她回家吧？我也差不多要下山了。」然後我小聲向昌美傳達自己身體有些不適，想要盡快離開現場。昌美向評審們簡短地說明我的情況。聽見我是遠道而來幫忙的這類話，那些評審便露出體諒的笑容。

我約好今晚和昌美夫婦共進晚餐。她為了不讓晚上的計畫泡湯，煞費苦心。一想到終於能擺脫這座山，我頓時如釋重負。我快步走到女孩身邊，故作開朗地對她說：

「來，我們走吧。我知道妳家在哪，反正我也順路。」

其實是繞遠路，但那種事根本無關緊要。麻耶也一副不在意我跟不跟來的模樣，邁步前行。唯獨老傭人驚慌失措。

「北見爺爺你從那邊回去。我要從這邊的路回去。」

麻耶像是習慣命令老人般麻利地說道。「別擔心，我會確實把她送到家。」我如此說道，好讓被稱之為北見的男人安心。老人對擔任評審的我低頭說道：「那麼，就麻煩您了。」

無論走哪條路，從山頂廣場到麻耶家都只要花大約三十分鐘吧。北見想要幫她把行李拿回去，也被麻耶拒絕了。不知為何，感覺她頑固地不肯向任何人敞開心房。我沒有想太多，直接從麻耶手中提起裝著畫具的後背包。麻耶沒有抗拒，以成熟的口吻向我道謝。

肩上揹著畫板的麻耶快步走在前頭。北見目送我們，不久後便死心地往麻耶指示的方向走去。我小跑步跟在麻耶的身後。天空越來越陰暗沉重，雨的氣息漸濃。麻耶往剛才她畫的古城後門走去，我們要前往的是古町口登山道。北見所走的是黑門口登山道方向，照理說走那邊離她家比較近。不過，我順著她的意。

我們兩人在乾門內側暫且停下腳步。乾門外的常綠喬木天竺桂樹林，看起來像一團黑影。那片深邃的森林，使我們完全遺忘自己所在的地方是城市的中心地帶。

宛如魔界的入口。

我們穿過天竺桂與鹿皮斑木薑子混雜的樹叢。麻耶用手指輕輕撫過樹皮呈現斑紋的鹿皮斑木薑子樹幹，隨後進入高聳參天的樟樹林中。大概是起風了吧，只見林冠的部分沙沙搖曳，降下青草味。這裡沒有長尾尖葉櫧花與刺槐花，也沒有早晨爬上來時所聞到的花蜜香和四處飛舞採蜜的昆蟲振翅聲。麻耶一語不發。

「我說，麻耶。妳姓蒲生吧。」

我心裡不踏實，想尋求依靠，便從後方向麻耶攀談。本以為她會置之不理，沒想到一臉嚴肅的小女孩竟停下腳步，回過頭來望著我。

「我叫日野梨香，請多指教囉。」

「日野老師？」

麻耶居然微微一笑。我像是受到激勵般，開始誇獎她的畫作。我想找些話題來聊。雖然很清楚走到山腳不需要花多少時間，但一路上沉默不語，只聽著陰森的樹葉摩挲聲，我實在是無法忍受。

「我見過妳父親喔。」

我不小心脫口說出這句話。

「妳認識我爸爸嗎？」

一看見麻耶瞪大的真摯雙眼，我察覺到自己提起了多麼不妥當的話題。對這孩子來說，肯定對自己四歲時就死別的父母親感到十分好奇。我只好表明自己與他父親是同一所美術大學畢業的。

「可是我們不同年級。妳父親的年紀比較輕。」

我試圖委婉地轉移話題。但少女又將話題給轉了回來。

「妳看過我爸爸的畫嗎？」

「看過。」

「是怎麼樣的畫？」

「妳家裡有吧？」

麻耶搖了搖頭。

「只有一點點而已。奶奶在爸爸死後，把他的畫讓給想要的人了。」

「這樣啊。」

我把去看蒲生慶介畫展時的印象告訴麻耶。看麻耶深怕聽漏一字一句而側耳傾聽的模樣，就知道這件事對這孩子來說有多麼珍貴了。想必跟她祖母和傭人所提過的內容截然不同吧。尤其是對一個開始發揮和父親同領域才華的孩子而言。

我們在樟樹林中往山下走。桃葉珊瑚和紫金牛等灌木於樟樹下自然生長，枝葉繁茂。顯露出低矮山崖的登山道旁，生長著一大群羊齒植物石葦。樟樹林的林冠部分籠罩住登山道，林冠層外的天空也很陰暗，我們就這樣行走在寒氣逼人的環境中。

聊起實際上幾乎沒有交流的學弟蒲生慶介時，我多多少少加油添醋了一下，不過麻耶還是聽得津津有味。自小痛失雙親的小女孩實在可憐，我盡可能地挖掘記憶深處。於是，我想起了當時在欣賞蒲生慶介的多幅油畫時，隱約感受到的突兀感。就連那個時候，我也想不到到底是哪裡不對勁。不過，確實有個疙瘩卡在心頭上。那究竟是什麼呢？

有別於我的迷惘，麻耶逐漸表現出坦率的態度。以她父親的話題為契機，她似乎慢慢瓦解之前在自己四周築起的心牆。看得出她想跟我再多聊一點，卻猶豫著該對我推心置腹到什麼程度。

這孩子基本上並不信任大人。我心生悲哀地如此思忖。我不曉得這是源自於麻耶的成長經歷，還是昌美所說的那樣，是因為與湊合在一起的家人之間的緊張關係所導致。

我改變了話題。提到自己在麻耶這個年紀時，熱衷於畫畫一事。當時我什麼都會畫成素描。家人、朋友、家裡養的小狗、母親買的菜和魚等食材、盆栽的花、飛來庭院的小鳥、姊姊的鞋子、祖父收集的石頭。肉眼可見的東西，與內部構造。無論是生物還是無生物，都確實存在著外側與內側。我只是一個勁地畫、將它們描繪下來。久而久之，便能看穿事物原本的形態。

這個話題似乎立刻引起她的興趣。只見她目光炯炯、聽得出神。

「我在讀幼稚園前也畫了很多東西喔。」

如此回答的麻耶，恢復了她這個年紀該有的孩子氣，一臉笑嘻嘻的模樣。這時一滴雨水滴落在她那張笑臉上。我抬起頭來仰望天空。

此時，森林深處響起「吱咿！」的尖銳鳴叫聲。麻耶猛然停下腳步，仔細聆聽那道叫聲。不過，叫聲傳到山脈的支脈山脊線，不久後便無聲無息。又起風了，山道兩側的樹木開始搖晃。

「我們走吧。」

我催促麻耶，邁步前進。不知不覺加快了腳步。泥土和青草濃郁的味道乘風而來，雨滴也滴落在我的臉頰。纏繞住喬木的細梗絡石葉沙沙作響。我走得急，麻耶卻走得緩慢，我心焦氣躁地回頭張望。不知為何，我想要盡快通過這片森林。森林中的坡道蜿蜒曲折，絲毫看不見前面的道路。

「日野老師在畫畫的時候，覺得幸福嗎？」

「咦？」

我一回頭，麻耶佇立在遙遠的後方。

「妳小時候不是畫了很多畫嗎？當時妳快樂嗎？」

「那是當然啊。」我返回麻耶身邊。「超級開心快樂。上國中時，我就已經決定要當畫家了。」

「所以老師妳已經明白了嗎？原本的形態。為什麼會產生事物？」

當我發現落到麻耶臉上的並不是雨，而是淚水後，我驚慌失措了起來。

「為什麼爸爸和媽媽會死掉？為什麼只有我活著沒死？」

「這個嘛——」

簡單的安慰對這聰明的孩子不管用。人人掛在嘴上的矇騙與迴避，都會立刻被她看穿吧。不過，我又知道些什麼呢？蒲生慶介應該是死於單純的交通意外吧。開車的是他太太，聽說她是繪畫修復師，但我不知道她的姓名和長相。

「麻耶在畫圖的時候不覺得開心嗎？」

面對我的提問，麻耶猛搖頭。

「我喜歡畫畫。我以後也要當畫家。」

麻耶粗魯地擦拭眼淚，展露笑顏。這孩子可能看過太多孩提時代不須知道的事。我隱約萌生了這樣的想法。

「奶奶也會死掉嗎？」

這個少女已經被不幸的死亡陰影所籠罩了嗎？

「妳為什麼——會這麼想呢？」

「那傢伙說的。」

「那傢伙是指？」

「說我要是敢說出去，就要在奶奶的食物裡下毒殺死她。」

她在說什麼？我對眼前這個僅僅九歲的孩子感到畏懼。

「說出去什麼事？」

雨勢變大了。我們在幽暗的森林裡對峙，窺視彼此的眼睛深處。麻耶的眼瞳絲毫不見任何情感的波動，彷彿是一潭死水。

——當你凝視深淵時，深淵也凝視著你。

尼采的名言掠過我的腦海。麻耶銳利的視線，盯得我動彈不得。

「那傢伙一喝醉，脾氣就很大。晚上跑到我的房間大吼，說每個人都瞧不起他。然後眼神迷濛地瞪著我。」

「然後呢？」此刻麻耶已經停止哭泣。

「我必須站著不動，聽他說蒲生家的壞話才行。如果在這段時間我動了一下，他就會不停地揍我。」我啞然無言。而麻耶倒是越說越激動，加快語速，似乎打算一口氣說完。

「他有時會覺得我回望他的眼神讓他看不順眼，就把我拖進浴室沖冷水。」麻耶像是回想起那一瞬間似地，皺起眉頭。「我一動也不動，想著我畫圖時的事情。因為那是我最幸福的時光。不快樂的時候，只要想起幸福的時光就好。對吧？」

森林裡突然響起「吱吱吱吱」的叫聲，來自比剛才更近的場所。我嚇了一跳，縮起身體。麻耶聽見那道叫聲，不知為何輕輕微笑。

「那傢伙虐待我虐待個盡興才解氣。」宛如受到那奇妙聲音的鼓舞，麻耶繼續說道。「最後跟我說，要是我敢告密，奶奶就會死。因為奶奶的身體真的越來越差了，我覺得一定是他們對奶奶下毒。」

原本只說那傢伙，現在變成了他們。

「我把事情告訴阿姨，結果她說我愛說謊，不讓我吃飯。」

根據昌美的話來判斷，那應該是指住在麻耶家的親戚夫婦。那對夫婦在虐待麻耶？用卑劣的方法來堵住她的嘴？讓這孩子過度武裝起自己的心，原因就出在這裡嗎？

每當高聳的樹梢隨風搖曳時，雨滴便會成團地落下。我全身發冷，濡濕的襯衫緊貼身體。我之所以打顫，是因為冰冷的雨水，還是麻耶所說的駭人聽聞的話所致？

「不能不說。」我終於從喉嚨深處擠出這句話。「必須告訴可靠的大人——」

「可靠的大人——？」

麻耶以估量的眼神望著我。趁她尚未再次緊閉心房時，我連忙補充一句：

「我會想辦法的。雖然我不住這裡，不過——」

「沒關係的！」

麻耶突然聲音開朗地說道。雨勢加劇。麻耶遮著頭，邁步奔跑。從目瞪口呆的我身旁跑過，撥開了草叢、進入森林。灌木的樹枝反彈，濺飛水滴。

「老師，過來這裡、這裡！」麻耶在森林中呼喚我。「快點！會淋濕喔。」

我穿過雨和樹林，搜尋麻耶的身影。麻耶打算走向更深處。

「等一下！別過去，太危險了。」

我呆立於林緣。

「沒事的。這裡可以躲雨。」

可看見麻耶蹲在一棵特別大的樹木底下。我還在猶豫。猶豫的期間，身體已淋成落湯雞。水滴從髮絲滴滴答答滑落。

這時，我背後的青剛櫟叢沙沙作響，不自然地晃動。沒看見任何東西，但一股難以言喻的詭異感，令我直打哆嗦。我因此決定踏進森林。腐葉土與樹根使得我磕磕絆絆，好不容易才抵達麻耶的身邊。

「來，坐這裡。」

我依她所說，於椎木大樹下落坐。然後，慢慢抬頭仰望上方。高得令人暈厥的高度，可見層層交錯的樹枝，形成自然的頂蓋，遮擋住雨水。在鬆了一口氣的同時，我俯視麻耶的側臉。麻耶也渾身濕透了，將頭髮紮成兩束的黃色緞帶，尾端縮成奇怪的模樣。

「麻耶，剛才的話……」

「沒關係的。我已經找到好辦法了。以後再也不會遭受那種對待了。」

麻耶咧嘴一笑。

「什麼好辦法？」

「噓！」

麻耶打斷我的話，似乎在側耳聆聽些什麼。我也跟著集中精神。樹木隨風搖曳的聲音。某處雨滴落在大片葉子上的聲音。

以及──

不成聲的碎步聲。小動物的肉球踩踏軟土的聲音。我倒抽了一口氣。

「什麼？咦？」

話音一落，腳步聲便遠離。不遠處響起那道「吱吱吱吱」的鳴叫聲。

「啊～跑掉了。」

麻耶對我哭喪著一張臉。

「那是什麼？鼬鼠嗎？」

麻耶仰起她白皙的喉嚨，哈哈大笑。隨後突然一本正經地凝視著我。

「那傢伙會來我房間，通常是挨奶奶罵或是跟太太吵架的時候。當他又要來我房間時，我就逃進這條山路。有時穿著睡衣就爬上來了。」

「不會吧。」

我曾經在這座山的山腳下住過宿舍，因此這裡在夜幕降臨後會有多麼漆黑，我再清楚不過了。

「是真的。因為我受夠了即使被虐待，還要動也不動地忍耐。如果告訴別人，奶奶有可能會受害吧？」麻耶的表情嚴肅認真。「從家裡的後院就可以爬到山上。山裡到處都是快壞掉的舊路，不過沒有人知道就是了。」

我朋友也說過同樣的話。突然消失的她——或許至今仍徘徊在那些半毀的古道上。

「然後啊，我就在這裡遇見了。」麻耶繼續說道。

我嚥了一口唾液。

「遇見什麼？」

「特洛伊啊。」

我們在森林所創造出來、算是緩衝帶的無聲世界裡靜靜地待著。我始終不明白麻耶提到的東西是什麼。

麻耶把我放在樹根旁的後背包拉到自己身邊。拉開拉鍊，拿出十二色的色鉛筆。她一語不發地將新的八開圖畫紙放到畫板上，然後開始畫圖。

那是一幅奇妙的動物畫。

類似鼠兔或刺蝟的黑色小耳朵，不過面孔卻恰似蝙蝠。能讓人聯想到優異跳躍能力的發達後腿，但前腳卻很短。麻耶毫不猶豫地揮舞著色鉛筆。

她流暢的動作傳遞給我的想法是，這並非她腦中幻想出來的動物，而是目睹過無數次、實際存在的生物。麻耶選擇確切的顏色，以精湛的素描能力，繼續描繪那隻動物。

身體是灰底黑條紋，覆蓋其上的體毛似乎非常短。短小的前肢前端有三根修長的指頭，兩根指頭與一根指頭上下相對，能抓取物體。指頭上分別長著尖銳的鉤爪。大概是為了平衡四肢比例不均的狀態吧，後面有一條細長彎曲的尾巴。

最大的特徵是發達的門牙，兩根如針一般尖銳無比的牙齒，從上顎長長伸出。那兩根門牙顯示出這隻生物是凶猛的獵食性動物。

「這就是特洛伊。」

世界的聲響隨著麻耶的聲音回歸。雨聲，還有某處地面上的流水音。麻耶在圖畫紙下方寫下大大的「特洛伊」三個字。我在不明白那是奇妙的種族名稱，還是麻耶給牠取的暱稱的情況下，凝視著特洛伊的畫像。

「畫得真好呢。」

我只說得出這種無聊的評價。

「這個很大隻嗎？」

「不會，只有小貓咪的大小吧。不過比老鼠大很多喔。」

「牠吃什麼？」

我在想什麼啊，竟然對這種脫離現實的動物刨根究底。肯定是處於悲慘境遇的孩子在腦海中隨便創造出來的「非人朋友」。

「什麼都吃。蟲、青蛙，還有腐肉也吃。」

一聽完這句話，我感覺有一股惡臭鑽進我的鼻腔。

森林裡越來越暗。

「牠白天不怎麼活動。不過──」

麻耶又把手伸進後背包裡。然後拿出裝在塑膠袋裡的蒸蛋糕。她撕開塑膠袋，剝下三分之一的蒸蛋糕。然後扔到約三公尺外的紅蓋鱗毛蕨叢前。

「嘖、嘖、嘖！」麻耶咂舌發出聲響。

什麼事都沒發生。我緊盯著那塊黃色蒸蛋糕。後來發現這樣我遲早會斷氣的，便輕輕吐了一口氣。

紅蓋鱗毛蕨深處沙沙地搖晃起來，可能是風吹的吧。不對，蕨類如波浪般上下起伏，晃動筆直地朝我們而來。

比貓小，比老鼠大──未知的柔韌生物。

我全身都僵住了，拚命地將後背緊貼著椎木根部。

於是，牠現身了。

從蕨類的莖之間冒出擁有三根指頭的前腳，用牠的鉤爪試圖將蒸蛋糕鉤往草叢方向。由於蒸蛋糕有點大，三根指頭似乎抓不住。我眼睛眨也不眨地看著。

特洛伊冷不防地露出上半身。是因為天色昏暗的緣故嗎？看起來全身漆黑。身上長著如海豹或海獅那種防水、宛如天鵝絨般的濃毛。一雙大眼睛直勾勾地盯著我。我彷彿被攝魂一般，連一根手指都無法動彈。有別於蝙蝠的清澈水晶體，構造宛如光圈開到最大的鏡頭一樣。特洛伊張開嘴，露出如針一般的門牙後，叼住蒸蛋糕，立刻轉身。無毛的細尾劃過空中，牠的身影旋即消失無蹤。

草叢再次微微晃動。濡濕的野獸氣味逐漸遠離。

「吱咿！」一聲鳴叫，響遍森林各個角落。

「那是什麼？」我明知故問。

「那就是特洛伊。」

麻耶將圖畫紙摺小，然後遞給我。「這個送給老師。」

我將它收進口袋。我們再次提起行李，走出森林，來到登山道。雨依然下個不停，但我已經不怎麼在意了。

「特洛伊是什麼意思？」

「就是牠的名字啊。」

「是麻耶取的嗎？」

「嗯。很貼切吧？」

是源自於躍上希臘神話舞臺的特洛伊，還是電玩遊戲裡頭的角色之類的嗎？

「妳第一次看見牠的時候，不害怕嗎？」

「不會啊。」麻耶搖了搖頭。「感覺很懷念呢。」

我沉默不語。麻耶代替我繼續說道：

「牠很小隻對吧？身體非常軟喔，所以什麼地方都鑽得進去。」

似乎也不在意我有沒有回應。

「看見牠的牙齒了嗎？」

得意洋洋地從下方仰望我的臉。簡直像是想炫耀自己有一口漂亮的牙齒一樣。

「因為牠的牙齒很細，被咬到也沒有感覺。」

「被咬？」

麻耶的表情越來越愉悅。

「沒錯。咬這裡。」她指了指自己的後頸。「一開始被咬的時候完全沒事，只會留下紅紅的兩點牙印。可是過了四、五天啊——」

麻耶用沾滿泥巴的鞋子踩踏水窪，激起陣陣水花。

「就會發高燒，身體不舒服。吃不下東西、也喝不了水。」她用帶有旋律的語調說道。「起初認為是流行性感冒或是更嚴重的病，去醫院做了一大堆檢查，可是都找不出原因。因為是被特洛伊咬到的關係。」

「結果會怎麼樣呢？」

完全正中她下懷的我，如此問道。麻耶慢慢轉過頭，望向我。

「結果——會死掉。」

——死了。

昌美不是說過嗎？對這孩子施暴出氣的爛男人，得了某種感染症死了。

我腦海裡浮現特洛伊在黑暗中發亮的水晶體。換句話說，是因為被那隻奇怪的夜行性生物咬到的關係囉？

「那是——」我總算出聲說話。

「他已經沒辦法再欺負我、也不能再揍我了。」

「麻耶，那是——」

我沒有再說下去。我確實目睹了那隻如同惡魔般的黑色生物，但我不認為牠會依照麻耶的想法行動。那種像貓又像蝙蝠的奇怪生物。

這時，天空劃過一道閃電。明亮的閃光把森林深處都照射得一清二楚。感覺在那殘像中，有無數隻特洛伊從草叢中探出上半身，或是攀爬於樹幹上。

緊接著頭上響起雷聲。

「噫！」

麻耶抱住頭部，卻是我先邁步奔跑。我在雨中跌跌撞撞地奔下山坡。感覺再怎麼奔跑，都無法從這座森林逃離。不知不覺間，我們踏進無邊無際的森林之中。有種陷入立於路旁的石柱不斷從黑暗中湧出的錯覺。

雷聲響個不停，雨滴狠狠打在我們身上。我們會像這樣永遠徘徊於森林之中嗎？當我如此心想的瞬間，便看見代表古町口登山道入口的石階。石階下是常見的街景與車水馬龍。

我衝到車道，險些被車給輾過。麻耶緊跟著我，拉住佇立在車道中央的我的袖口。

「往這走。」她以與剛才截然不同的低沉聲音如此說道。

我喘了一大口氣。麻耶拉著我走向她家的方向。我們與撐傘的上班族和臉色蒼白的中年婦女擦身而過。中年婦女目不轉睛地看著茫然自失的我。未撐傘、渾身濕透的我，看起來肯定十分怪異。我回頭仰望城山。既然已經通過那裡，閃電再怎麼閃，也看不見樹林裡的情形了。那片把我們吐出的森林，已經闔上了嘴。含著名為特洛伊的野獸。

明明才下午四點多，天色卻陰暗得有如日暮西山。我們經過黑門口登山道入口，馬路對面有一間育幼院，裡頭傳來孩子們喧鬧嬉笑的聲音。我聽見後，終於鬆了一口氣。

麻耶住的洋房燈火通明。我們穿過大門，爬上長長的坡道，看見敞開的明亮玄關後，麻耶的腳步輕盈了許多。

「北見爺爺一個人先回來，奶奶一定很擔心我。而且還下起這麼大的雨。」

「妳奶奶的身體已經不要緊了嗎？」麻耶點了點頭。

「嗯，已經不要緊了。反正不用再擔心會有人在食物裡下毒了。」麻耶將身子挨近我，快速低喃道：「馬上又會變成我跟奶奶兩個人生活了。還有女傭跟北見爺爺就是了。」

麻耶朝光線滿溢而出的玄關奔去。

「麻耶！」

一名胖女人從走廊沉重緩慢地走出。一眼便可認出那個女人是麻耶祖母的外甥女。女人粗暴地拉扯麻耶的手臂，令她一個踉蹌。

「啊～都淋成落湯雞了。還有，妳這雙鞋子是怎樣？」女人嘮嘮叨叨，越罵越起勁。「自己去洗乾淨。妳看！妳把這裡弄得到處都積水了。」

女人往後退，表現出一副別靠近自己的模樣。

「麻耶，妳有在聽嗎？妳有長耳朵吧？」

就在女人伸出手想要擰麻耶的耳朵時，這才總算發現我的存在。然後把手收回，一邊以晚娘的嘴臉上下打量我。

「敝姓日野，擔任今天寫生比賽的評審。我跟麻耶一起下山的。」

我也在玄關滴滴答答留下積水，走向麻耶後，把她的東西遞給她。

「那我走囉。再見，麻耶。」

「再見。」

麻耶朝我揮了揮手，表情意外地開朗。我邁步走向雨中。

「啊！等一下。」女人從我身後追了上來。手上還拿著透明塑膠傘。「撐傘走吧。不用還沒關係。」

女人沒好氣地如此說道後，便把雨傘塞進我手中，然後立刻轉身離去。天空又劃過一道閃電。

這時，我看見了。

女人隨意紮起頭髮的後頸，有兩個並排的咬傷小紅點。我直接將視線移向麻耶。她緊抿的雙唇因為淋了雨而發紫。雖與我四目相交，我卻無法從她臉上解讀出任何情緒。

我步履蹣跚地走下坡道，來到大門處，才撐起雨傘。我的手向口袋深處探去，摸到了那張摺起來的圖畫紙。是特洛伊。那女人也被特洛伊咬了，命在旦夕。

那隻柔韌的邪惡小野獸，聽從蒲生麻耶的願望，守護她與她的祖母——？

我突然想起在欣賞蒲生慶介的畫作時所感受到的那股突兀感是什麼了。他所描繪的每一幅風景畫，遠景處都有一座隆起的小山。山上還細膩地描繪出小小的白色建築。有時連屋頂的形狀都畫得一清二楚、有時則是看起來只像個白點。那就是這座古城。

我是被呼喚過來的嗎？像這樣受到古城呼喚的人們，命運是否於此地交錯、糾纏呢？然後是不是也在不知不覺間混入了妖異之物，一點一滴地改變了命運的走向呢？

古城尚未打上燈光。我默默地走著，遠離古城與它的領域。

我應該不會再來到這座城市了吧。

終局的起始

おわりのはじまり

終局的起始

「啪噹」一聲關上老舊的皮箱。我的行李就只有這一箱而已。這個行李箱還是之前的租客留下來的，我只把自己重要的物品塞進裡頭。今天這棟分成三戶的長屋終於要拆毀了。

我走到屋外。不知從何方乘風而來的櫻花花瓣，一邊旋轉著、一邊飄落於我的腳邊，興許是城山綻放的東亞唐棣吧。一群大學新生有說有笑地走在路上。我被她們的生命力所震懾，讓出了路。就如同繁花有盛開期一樣，人的生命光輝也有顛峰。那種生氣蓬勃的事物，離我遙不可及。

戶川女士撕下貼在門口的名牌。那名牌只是將硬紙板裁切成長方形，再用麥克筆寫上「戶川千秋」而已。她隨意地將那張名牌扯下。

「行李整理好了嗎？」

我出聲攀談，戶川女士便緩慢地望向我。

「差不多了。大部分都送到那邊去了。」

所謂的那邊，是指戶川女士終於找到的公寓一室，離這裡徒步不到十五分鐘。看來，她也離不開城山周圍啊。我跟在她後頭，進入她的房間。原本家具的數量就少，但少了那些家具後，還是有種空空蕩蕩、無所依靠的感覺。水滴從關不緊的水龍頭滴落貼著瓷磚的水槽，滴滴答答滴個不停。

玄關口的內部玻璃門敞開，可見被陽光曬得變色的榻榻米。上頭還亂七八糟地扔了一堆雜物。

「戶川女士，不快點整理的話，施工的人就要來了喔。」

即使我如此規勸，戶川還是拖拖拉拉地分類雜物。在她身上絲毫看不見一點「急切」的動作。她正在分類的是從小紙箱拿出的文件類物品，似乎猶豫著該如何取捨。

「妳看這個。」

戶川女士不理會我的忠告，遞給我一本薄冊子。也許是助聽器又出毛病了吧。

我接過來看，原來是高中畢業紀念冊。我大致翻閱了一下各班的團體照。上頭刊登著戶川女士高中時的模樣。雖然沒有戴助聽器，但感覺跟現在的外貌沒什麼差別。戶川女士從以前就是矮矮胖胖的體型，沒有少女那種青春洋溢的氣息。

「看，妳也被拍到了。」戶川女士從旁邊伸手過來指給我看。「妳也是三班的對吧？」

「是啊。」畢業照中的我擺著一張臭臉，注視著鏡頭。「這張照片是剛升三年級時拍的。感覺好奇怪喔，明明沒有畢業，還出現在畢業照裡。」

我的咕噥聲似乎並未傳進戶川女士的耳裡。她耳裡的螃蟹又在爬來爬去了。在學校中庭陳列椅子，以城山為背景拍團體照是多久以前的事了呢？我跟戶川女士都無人搭理，各自站在後排的兩端。畢業紀念冊用的班級照片我早已忘得一乾二淨。我的思緒如流過河川的病葉般飄蕩，無所依靠。

戶川女士蜷起背，翻找紙箱底部。這次挖出一本老舊的剪貼簿。我無奈地嘆了一口氣。剪貼簿裡貼著泛黃的剪報，可看見斗大的標題寫著『失蹤女高中生，如今依舊下落不明』。我心裡覺得怪怪的，卻不知道怪在哪裡。很多事我都忘了。記憶的片段有時會在我心裡激起漣漪，但我已經無法將它們串連在一起，拼湊出自己的歷史。我的成長早就停止了。

「那種東西該丟了吧？」

我大聲說道後，戶川女士便板起一張臉，將那些大量的文件聚集在一起，放回紙箱。只將畢業紀念冊急忙塞進手提包裡。

外頭頓時變得鬧哄哄的。

「走吧。」

我催促戶川女士到外頭去。戶川女士留下紙箱，只提著手提包，跟在我身後。

「喂、喂，妳還真是溫吞啊。」

房東森岡爺爺站在外頭。傾卸卡車正在他背後的道路上卸下履帶式破碎機。數名身穿米色工作服、頭戴黃色安全帽的作業員，開始準備將我們曾經的住處勝山莊夷為平地。

「可以動工了嗎？」

看似監工的男性對森岡爺爺說。

「可以了。這裡就只剩她一個人住而已。」

破碎機的引擎發出低鳴。坐進一名操縱員的重機械並不大。另一名作業人員，開始用水管噴水除塵。看來，似乎要從我房間那一側著手。我們退到遠處觀看拆除作業。

「哎呀，妳沒有行李嗎？」

戶川女士看著兩手空空的我說。

「啊啊，我忘記帶走了。算了，反正也沒裝什麼重要的東西。」

我如此回答。宛如巨型鳥喙的破碎機在我面前夾起房簷擰碎。屋瓦「啪啦啪啦」掉落，柱子也隨之傾斜。老舊的木造平房輕而易舉地崩塌。破碎機的引擎部分吐出黑煙。接著將尖嘴刺進中央凹陷的屋頂中，舉起吊臂後，尖端叼起了我的皮箱。皮箱在空中「啪喀」一聲打開，大量的橡實從中灑落。

「那就是妳的行李嗎？」

戶川女士捧腹大笑。

接著作業便一氣呵成。連戶川女士的房間都被拆毀的長屋，化為木材殘骸。破碎機捲動履帶，駛上那堆殘骸。

「兩三下就拆光了呢。」

站得比我們前面的森岡爺爺嘟囔一句。

最東邊的房間由於破碎機開上隔壁房的廢材，呈現從高處摧毀的狀態。手持水管的作業人員繞向東側。東邊房間的屋頂被剝除後，引擎聲戛然而止。

戶川女士將手舉到額頭，踮起腳尖查看。只見操縱員跳下駕駛座，一隻手按住安全帽，踩上立腳點不穩固的廢材。另一名作業人員則是呆站在原地，水從水管滴滴答答滴落。探頭窺視東邊房間屋頂下的操縱員，大聲呼喚監工。

森岡爺爺一臉不安地回頭望了這裡一眼。

監工與操縱員一陣交頭接耳後，將手伸進屋頂下方。監工撿起一塊小木片，戳了戳什麼東西後，突然「噫！」地一聲向後仰。反而是操縱員吃驚地湊上前去，隨後又一屁股跌坐在木材上。這時，監工早已朝我們奔來。

幾乎失去原貌的三戶長屋前的泥土，因為水管流出的水而變得泥濘，監工踏在泥濘上、發出濺水聲奔馳而來。

「發現什麼東西了是嗎？」

森岡爺爺發出沙啞的聲音。

「有屍體。」

「咦？」

「已經化為白骨了。森岡老先生，那間房——」

森岡爺爺明顯僵住了身體。

「屍體？」

「總之，先暫停作業。得報警才行。」

監工從口袋拿出手機，用粗大的手指撥打號碼。

「竟然說有屍體——？」

茫然自失的森岡爺爺，自言自語般地再次如此說道。操縱員也臉色蒼白地走向森岡爺爺和監工。監工對著手機講話，稍微後退了一下。

「那間房的租客已經失蹤了一年多了。他工作的清潔公司也說他突然就沒來上班了，傷透腦筋。該不會就是那個人吧？」

「他死在房頂下。」

操縱員顫抖著聲音說道。

「房頂下？誰會找到那種地方去啊。當時我無可奈何，只好幫他收拾行李……」

「真是令人毛骨悚然呢。」

操縱員嚥了一口唾液。我和戶川女士互相對視。

「就是說啊。竟然會爬到那種地方去死。是自殺嗎？不對，搞不好是病死的。他當時身體狀況相當差，我還勸他去醫院……」

「不，我說的不是這個意思——」

操縱員欲言又止。

「屍體很詭異。被類似白色袋子的東西包裹住。監工用木片刺破後，白骨才冒出來。」

「白色袋子——？」

「嗯。就像是用細絲織成一個袋狀物一樣。」

「那是什麼東西啊。」

森岡爺爺吃驚地問道。

「嗯，這個嘛。從外觀看來，像是個巨大的繭呢。」

就在此時，眾人看到了第一輛巡邏車開進小路駛來。

警車與看熱鬧的人群接二連三蜂擁而至，混在裡頭的我們越退越後面，最後退到城山的山崖下。頭上的森林傳來銀喉長尾山雀那習以為常的「啾啾啾啾」鳴囀聲，不過隨著太陽西下，鳥鳴聲也逐漸遠離，不久後便無聲無息。

駛上三戶長屋殘骸的破碎機，以奇妙的狀態維持傾斜，停在那裡。四周拉起了黃色封鎖線。房東森岡爺爺以誇張的動作比手畫腳說明著。住在發現屍體的房間隔壁的戶川女士也受到警察多方盤問，不過因為助聽器有毛病，牛頭不對馬嘴。兩人最後都坐上巡邏車，被帶往附近的警局。

我站在毘沙門坡上，等待兩人歸來。當薄暮開始籠罩四周時，森岡爺爺和戶川女士走了回來。

我與精疲力盡的兩人並肩行走。

「哎呀，真是倒楣呢。」

「受到緊迫盯人的審問，真的很頭痛耶。」戶川女士嘀嘀咕咕地抱怨道。

「都是妳說些莫名其妙的話，才會越拖越久。」森岡爺爺旋轉著肩膀，斜眼瞪視戶川女士。

「再說了，既然已經變成白骨，就代表那個人死很久了吧。我無奈之餘收拾他的家當，也是八個月前的事了。結果妳卻說最近還跟他碰過面之類的話。」

「不是碰面，是看見。」

「都一樣啦。」森岡爺爺在口中呢喃，反正戶川女士也聽不見。

「不過啊，真是謎團重重呢。聽說那具屍體緊握著一枚外國硬幣。那是什麼來著？對了，是英國的二便士硬幣。為什麼會握著那種東西……」

森岡爺爺歪頭表示疑惑。我想起龍平小心翼翼地收進學生證背面的二便士硬幣。真是奇妙的巧合，不過應該是不同的硬幣吧。二便士硬幣並不稀奇。

「我內人一定很擔心。因為我把她放在輪椅上就過來了。」

森岡爺爺嘴上這麼說，卻一點著急的神情都沒有。他的太太喜歡眺望庭院。雖然身體不能動，但坐在輪椅上似乎也並不痛苦。我偶爾會看見森岡爺爺推著輪椅帶她散步的模樣。推著太太到她以前任職、位於堀之內的育幼院，她則是目不轉睛地看著小朋友們玩耍。

我有時也會從遠處呆愣地看著他太太。他太太在柵欄旁一臉愉悅地微笑，但有時也會露出一絲難過的表情。寄放在育幼院的孩子都是有各種苦衷的，肯定是想起身世可憐的孩子吧。

我們就此沉默，步行於住宅區。來到曾和戶川女士一起經過的大空屋之前。庭院的醉芙蓉，此時並非是開花季。我放鬆了緊繃的肩膀。

「為什麼這麼氣派的房子，長時間都沒人住，就這樣放著不管？」

戶川女士詢問。「喔喔。」森岡爺爺仰望房子，出聲回答。「以前有位國中老師住在這裡。和他太太、兒子一家三口。」

我們佇足片刻，隔著圍牆注視著荒廢的庭院和半壞的遮雨棚。

「我想想喔，他們是二十年前蓋了這棟房子後搬來住的。那時我內人也健健康康地在『若鮎園』上班。」

對了，那間育幼院叫若鮎園。

「有一次，這家太太養的貓走失，跑到園裡去了——」

由於戶川女士興致缺缺地邁開腳步，森岡爺爺便打住話題。

「所以呢？那個老師跑到哪裡去了？竟然任由這麼漂亮的房子荒廢下去。」

戶川女士自顧自地繼續談論話題。

「死了。」

「死了？」

我的頭突然隱隱作痛。當我開始住在勝山莊時，肯定是最早遺忘與這戶人家相關的事。不過，戶川女士卻十分好奇的樣子。我刻意放慢腳步，遠離兩人。結果還是聽見了森岡爺爺回答的聲音。

「那位老師幾年前罹患惡性淋巴瘤過世了。我想想，已經死了五年了。」

森岡爺爺像是遙想當年般望向了遠方。

「那是血液的癌症，很難治癒。刀也開了，放射線治療和化療也做了。長期在那邊的——」森岡爺爺努了努下巴，指向附近的大學附屬醫院。「醫院看病。那個老師說不想住院，想盡量在家裡療養，反正離醫院又近。即使病情嚴重惡化，也只讓他太太在家照顧。」

據說森岡爺爺經常送看護用品過去。因為自己也在照顧太太，還設身處地給予建議。

「不過啊，我看那兩個人，總覺得感覺怪怪的。」

戶川女士毫無回應。只見她調整了一下助聽器。

「那個太太啊，照顧她先生的態度很冷淡。感覺很見外——」森岡爺爺試圖喚醒久遠的記憶。視線依舊集中在聳立的大學附屬醫院建築物。「感受不到一絲體貼或愛情之類的情緒。對衰弱的先生格外粗暴。感覺啊——」

從附近駛過的路面電車發出聲響。

「像是在報復一樣。她先生做了什麼對不起她的事嗎？生前是個耿直老實的學校老師啊。」

戶川女士點頭應和，我懷疑她是否真的有聽見。

「所以，大概是家裡待得不自在吧，那個老師身體狀況一有些好轉，就會爬上城山觀察野鳥。那是他最後的樂趣，明明消瘦得體力盡失，還像著了魔似地爬上山道。我好心提醒他最好不要外出走動，最後果然得了感染症，奪去了他的性命。想必是免疫力下降的關係吧。」

因為是開藥局的，森岡爺爺對疾病的事情瞭如指掌。當內容變得艱澀，戶川女士便皺起眉頭。

「死因是敗血症，但我想癌細胞應該也有轉移。那位老師過世了，他太太也不怎麼傷心的樣子。」

「是喔！」

戶川女士突然發出聲音，害森岡爺爺嚇得抬起頭。他肯定是認為戶川女士聽不清楚，所以不小心說出真心話了吧。

「反正夫妻之間的事，外人是看不清的啦！」森岡爺爺故意發出開朗的聲音說道。

「那他太太呢？這個房子應該就變成她的財產了吧？」

比起夫妻之間的關係，戶川女士似乎對資產價值高的房子更有興趣。

「好像跑去東京兒子家住了。奇妙的是，她也不把這房子租給別人或賣掉，就這樣任由它荒廢。」

「這是為什麼呢？」

森岡爺爺只是聳了聳肩。我回頭望向種有醉芙蓉、已化為剪影的房子。我或許不會再經過這裡了。勝山莊也已經拆毀。

我們來到與平和通交叉的十字路口，森岡爺爺舉起一隻手道別離去。

只剩下我和戶川女士兩人。

「二十年前啊，我還沒認識戶川。來牽線的媒人說：『銀行員既正經又老實，保妳一生安泰。』一再地向我推薦。」

戶川女士似乎已將分居中的先生視為外人，稱呼他為「戶川」。她已經沒有精力快刀斬亂麻，恢復舊姓「篠浦」，展開新生活了。

「可是我姊姊卻提醒我說：『小千，男人啊，可是知人知面不知心的。千萬不能大意。』我姊是護理師，看盡人生百態。所以很清楚這方面的事。」戶川女士天南地北越扯越遠。

戶川女士新遷居的公寓映入了眼簾。

「要進來坐一坐嗎？」

戶川女士這麼問，我則是緩緩搖了搖頭。

「倒是妳，要不要跟我去爬一爬城山？」

我指向古町口登山道的方向。戶川女士有些猶豫。四周已經開始變得昏暗，這時恐怕沒有人會去那條更加寂寥的山道吧。

「好啊。」然而戶川女士卻答應了。

「太好了。」

我笑了笑，調整了一下制服胸前的緞帶。我們再次並肩前行。

「話說回來，住在東邊那間的人竟然死了，真是嚇我一跳。」

戶川女士甩了甩頭說道。

「那個人每天早上都會在同一個時間外出，去大學做清掃工作。日復一日。」

我一語不發地走在戶川女士身旁。

「我兩、三天前還看過他的說。」她又說出這種話了。

「是嗎？」

「是啊。他之前還喜孜孜地談到他的孫女在那所大學讀書呢。沒想到那個人竟然死掉了。」

戶川女士嘆了一口氣。她與生俱來的奇妙能力越來越敏銳了。

我們抵達登山口的石階。綠色隧道宛如通往深不可測的世界入口，黑暗沿之而下。我們開始爬上石階。

「幸好那個人的屍體有被發現。」

戶川女士如此說道。來到坡道後，她略微蜷起背部，像是在保護肚子一樣。

「那妳呢？」戶川女士瞥了我一眼。「妳也死了吧？」

這次我呵呵發笑。

「是啊。依然是死掉時的那身制服打扮。」

戶川女士像是自言自語般，繼續嘀嘀咕咕地說道。登山口附近唯一的一盞街燈，離我們的身後越來越遠。

「吱吱吱吱」一道尖銳的鳴叫聲劃破了黑夜。

乍看之下，戶川千秋看起來也像是個身穿制服的十來歲高中生。

這裡是被碧色夜露沾濕的芬芳塵土之國，永遠與剎那時間等長的場所。至於我，則是黑暗的居民，體溫寒若冬霜。

千秋佝僂著身子，盯著自己的腳尖繼續前進。我配合她的步調，放慢了腳步。
兩名少女就這樣於黑夜中漫步著。
「妳的身體在哪裡？」
千秋詢問。
「大概是在那盛開的紅花之下吧。」
我的腦中閃過一個畫面，如此回答。
千秋詫異地望向我，最後一句話也沒有說。
從某個地方，傳來了爛熟的花香。

夢魘獨行　救贖在夜的盡頭

文／洪敍銘

※本文涉及故事劇情與伏線，建議讀畢全書後再閱讀。

美國恐怖、科幻與奇幻小說作家霍華德．菲利普．洛夫克拉夫特（Howard Phillips Lovecraft）曾對「恐怖」這樣的感知下了一個範圍的界定：「人類最古老而強烈的情緒，便是恐懼；而最古老最強烈的恐懼，便是對未知的恐懼。」這段節錄於1938年出版的《文學中的超自然恐怖》一書的話語，已暗示了當代恐怖、驚悚文類創作的明確路徑。

段義孚在《恐懼》亦談及人們對超自然界邪惡的警覺性，使人能看見幻象世界中的巫婆、鬼和怪物，這是其他動物所沒有的恐懼，而這些警訊與焦慮，通常來自於較高的心智能力與較大的情緒變化幅度，以及藉由「想像力」所創造出關於恐懼的類型；這意味著「恐懼」得以被具象化並且傳播擴散，進而放大其中的效力與強度，形成某種「集體性」。

許多小說作者在具有恐怖元素的作品中，必須劃出一條邊界，並創造另一個與「現實」對應的世界或是「話語空間」，這讓故事情節讀來多少都有些「異域化」的氛圍——少不了的「突兀」、「異常」，充滿陰沉、鬼魅氛圍的空間，為接續上演的失序／失控或非常態情節，布置好絕佳舞台。

值得注意的是，這些異域化的場域，大多都是鄉野空間，最主要的原因在於它們被描述得封閉與偏遠，這樣的性質加強了異常狀態（謀殺、難以解釋的事件或屍體）發生的合理性，畢竟所有的異常事件要在故事裡合理地發生，才能造成令讀者感到恐怖、恐懼的心理感知；不過，另一方面來看，正因這些自然、鄉野空間的性質預設，推升了人和自然環境間的緊張與對立，這讓人們的「想像力」得以朝向超自然的方向發展，帶來更多懸疑、詭異的揣測與氛圍。

這種對「自然」或「鄉土」恐懼感知的被創造，事實上是人們對「未知恐懼」的具象化及定型化，因此這些圍繞著環境而產生的描述與想像，時常迸發或創造出鬼魅、幽靈或古老生物、怪物這些形象；然而，從另一方面而言，小說中對「未知恐懼」的描寫與塑造儘管恐怖，但那畢竟還是經過作者視域轉化的人造空間——或可視作作者對讀者的異域邀請，也就是說，一旦讀者闔上小說，這種體驗將被阻斷，也很難複製到書本外的現時世界。

因此，古今中外文學作品中，成為經典的恐怖元素運用，如愛倫坡、史蒂芬金、乙一、小野不由美或是台灣的既晴，這些作家的作品即使在不同的地域環境中，擁有各自的在地性轉譯，但不論是杳無人煙的荒嶺、奇異迷詭的建築或者變幻莫測的人心，都添加了大量的「已知」元素，習以為常的生活景態、得以對應的真實地景、擬真的人物形象、對話內容……等，這賦予了恐怖敘事穿越載體「成真」的可能，也讓人們理性認為不可能實現的未知恐懼，多了幾分警世、預言甚至是既視感、與真實對應的成分。

宇佐美真琴的作品，向來擅長游移在「已知／未知」的邊界，調度著「歸返日常」與「墜入異常」的來回與糾纏，巨作《愚者之毒》就展現了他對時代感、社會現實的細膩描寫，特別是日本在國家發展進程中的環境問題與人性悲劇，充滿社會性的反思；而《少女夜行》則採取了不同的視角，本作八個短篇故事俱環繞在「城山」——一個充滿奇詭氛圍，卻又充滿吸引力的「魔性」世界。

這個「城山魔界」，對應著前述對自然鄉野空間的異域化，但從中開啟的卻是再日常不過的生活景況，有關家族、家庭、戀愛、學校等複雜的人際關係，開展出屢見不鮮的偷情、背叛、兒少保護與教育、霸凌等議題；宇佐美真琴選擇不以批判的角度反映社會現實，而是迂迴地營造出異常的、難以解釋的景象，一體兩面地凸顯出「懲罰」及「救贖」兩個面向。

錯綜的敘事線：謎底的交點

《少女夜行》本作雖然不以推理解謎為核心，但多元錯置的敘事結構，以非線性時間，拆解後再重新組構了整個故事線，使得八個短篇雖可以獨立成篇，但在篇與篇之間，卻又產生互為因果，甚至互為謎底的閱讀效果，也讓讀者得以在錯綜複雜的人物關係裡，找到彼此的關聯，進而攫取不同時間段落裡的線索。像是〈醉芙蓉〉中的失貓事件，是〈我的朋友〉的故事開端及背景，同時妻子揭露的丈夫（芳洋）外遇事件，在〈幽暗．毘沙門坡〉中則以第三者（杏子）的視角推展情節，這個結構的巧思，能透過閱讀的「停頓」，達到推理解謎的樂趣，更讓小說中的懸疑與恐怖產生迴響與延續。

台灣的大眾文學作品中，亦不乏有類似的敘事結構嘗試，例如八千子的《證詞》，也透過不同人稱的變換與匿名，造成閱讀上的疏離感；這讓作者意欲強調或傳達的情節內容或意象，有了更被強烈關注的焦點。

掩藏的秘密：必要懲罰

不過，《少女夜行》最為突出的反而不是「解謎時刻」，而是擅以「回憶錄」的形式，倒轉放映「死亡懲罰」的必要性與原因。綜觀諸篇，城山的這群面孔中，各自深深掩藏了不可告人的秘密，這些秘密不見得是犯罪，卻均是足以造成另一個體不得復原的傷害甚或毀滅；而幻想中的，那隻會發出「吱吱吱吱！」怪叫的怪物，不論那是小小、愛麗絲還是特洛伊，他們都造成看似輕微，實則致命的感染，事實上都隱微地呼應了這些掩藏深處的人際陷落與苦痛。

例如〈白花凋零〉，前半段表面上是事業失意的長瀨，臨時受託照顧嬰兒，卻手忙腳亂回到老家求援的詼諧故事，然而宇佐美真琴輕描淡寫地進行了鮎美姊和不知名女孩之間，同樣遭受情感背叛、糾結的對應連結；鮎美姊和女孩（未玖）的最終選擇固然不同，然而讓故事急轉直下的，是詭異地因鱗粉過敏的男子（藤本）死亡事件，這連結到〈繭之中〉那個吐著絲把自己包裹成繭而死的父親。

這兩個死亡事件其實是共時發生的，作者刻意以不同的敘事視角呈現出橫越時間的悲哀，且關於屍體的描述，都離奇而難以解釋；作者實際上並沒有要使其合理化，自然也不會創造出偵探或負責推理的角色，她反而讓異常事件如實地、正常地發生，即使是到了小說終章謎底（或說真相）組裝完成，可見的也僅是吃驚卻不著急的反應而已。這或許顯示，漫漫飛向夜空的大白蛾、綑綁人體的白色絹絲，這些關於失去、悔意、憎恨的象徵物，雖以詭奇恐怖之姿出場，帶來人心的驚懼、日常的擾亂、異常的死亡，但追根究柢，牠們卻執行了某種「罪有應得」的必要懲罰。

從這個面向來思考，《少女夜行》固然帶來許多糾結於日常／異常之間的懸疑、恐怖與奇幻，但那些近乎歇斯底里的恨的型態轉換，卻又在這些深埋的祕密被揭發之時，理應感到異常的死亡型態與異域想像，卻顯得合情合理，甚至正義——意外地彰顯了社會性批判的意圖與本質。

奇異閃光：失去後的救贖時刻

這個「正義」，也帶來夜的盡頭，那微弱的救贖的可能；更進一步來說，這樣的救贖，也是讓《少女夜行》再度從「異常」返回「日常」的驅力，畢竟宇佐美真琴在小說終章以代言體的方式說出：「這裡是被碧色夜露沾濕的芬芳塵土之國，永遠與剎那時間等長的場所。」不僅重合了片段故事裡零碎的敘事線，夢魘的具象化及現身，或許也代表了曾經糾結的一一解脫。

小說情節亦有許多與之對應的片段，例如幽魂／幻覺／妄想／怪物的出現、匪夷所思的人體與景象，這些「奇異閃光」，都啟動了故事人物中的自我救贖。例如〈我的朋友〉和〈暗夜特洛伊〉這兩個相互勾連的故事，患有智能障礙的阿顯意外拾獲了「小小」（愛麗絲）。在歸還小小，並且經歷同儕遭受霸凌的事件後，阿顯「創造」出的「朋友」，竟和〈暗夜特洛伊〉中麻耶所畫的「特洛伊」一模一樣，對阿顯和麻耶而言，「牠」不只是朋友，還能幫助對這世上不合理的事情感到憤怒又無能為力的小孩，對不公不義的大人復仇。

值得注意的是，這兩個故事中的敘事者「田尾」和「梨香」，既扮演著旁觀者的角色，同時又是詭異事件的目擊者，他們的處境與反應雖不盡相同，但卻又一致冷靜地對阿顯、麻耶的傷痛經歷產生共時性的理解，這些傷痛以「失去」為核心，延伸出各種欺侮、凌虐、折磨；也因此，田尾和梨香面對這些異常的閃光時，也透過異樣的方式接納，雙向地暗示了對被害者而言，他們需要透過復仇平撫的恨意，而那些「死得其所」的加害者，也應透過死亡的償還與轉換，得到被諒解的機會。

《少女夜行》大致上暗示了這樣的可能性：異常的想望，必須通過異常的形式才得以產生和解。正因如此，不論是就此遠離，或者再也離不開城山的人們與少女們，他們勢必成為時光流洩下，每件歷史、事件與社會現實的見證。

《少女夜行》當然是一本具可讀性的懸疑、恐怖作品，然而更不容忽視的是，宇佐美真琴仍然將她對日本社會環境與人際關係的銳利觀察，置放在恐懼迷霧的中心；換言之，每個短篇裡內部的人物關係及外部的文本空間，在日常與異常間的反覆拉扯，最終要重述的，其實是最終那個被組裝起來的、無數個人倫悲劇與不可逆的傷痛，而人的恐懼與那些夢魘仍在夜裡獨行，如同當下的世界與社會環境，不論埋藏在心靈底處的是罪孽或者秘密，所有應該償還的，都將在付出代價後，尋得救贖。

作者簡介／洪敍銘

台灣推理小說研究者、評論者，現職為編輯、文創策展人，「托海爾：地方與經驗研究室」主理人，著有台灣推理研究專書《從「在地」到「台灣」：論「本格復興」前台灣推理小說的地方想像與建構》，曾獲楊牧文學研究獎、東華文學獎等。

TITLE

少女夜行

STAFF

出版　瑞昇文化事業股份有限公司
作者　宇佐美真琴
譯者　徐屹
封面繪師　DAKO

總編輯　郭湘齡
責任編輯　徐承義
文字編輯　蕭妤秦　張聿雯
美術編輯　許菩真
排版　執筆者設計工作室
製版　明宏彩色照相製版有限公司
印刷　桂林彩色印刷股份有限公司
　　　紘億彩色印刷有限公司
法律顧問　立勤國際法律事務所　黃沛聲律師

戶名　瑞昇文化事業股份有限公司
劃撥帳號　19598343
地址　新北市中和區景平路464巷2弄1-4號
電話　(02)2945-3191
傳真　(02)2945-3190
網址　www.rising-books.com.tw
Mail　deepblue@rising-books.com.tw

本版日期　2021年7月
定價　320元

國家圖書館出版品預行編目資料

少女夜行 / 宇佐美真琴著；徐屹譯. -- 初版. -- 新北市：瑞昇文化, 2020.11
256面； 14.8 x 21公分
譯自：少女たちは夜歩く
ISBN 978-986-401-449-1(平裝)

861.57　　109015936

讀小說
Reading Novel